喚醒你的英文語感！

Get a Feel for English !

唤醒你的英文語感 ！

Get a Feel for English !

搞定口說錯誤

Oral Correction

總編審／王復國

作者／ Dana Forsythe

PREFACE

All language learners should analyze themselves for error production. Language errors make our communication confusing, and they can make us seem unprofessional.

The most efficient way for Taiwanese to analyze themselves is to compare their English with errors that are commonly committed by Taiwanese people. By using this method, you can quickly begin to change your errors into correct production. Getting rid of errors means replacing errors with correct usage, so focusing on error correction is one of the fastest ways to improve language ability.

As you examine the errors in this book, you will notice some surprises, such as English that almost every Taiwanese person uses but that is incorrect, or even funny and confusing! If you get rid of these errors, you will push yourself to the top of the mountain of English users in Taiwan. Good luck.

Dana Forsythe

　　所有學習語言的人都應該分析自己製造出來的錯誤！語言文字上的錯誤會造成溝通上的困擾，更會使得說話者的專業形象大打折扣。

　　最能幫助台灣學習者認清自己錯誤的方式就是，讓他們把自己的英文與台灣人常犯的錯誤做比較。透過這種方式，學習者能夠快速地修正自己的錯誤。消弭錯誤就是以正確的用法取代以往的錯誤，因此，針對錯誤加以辨正即是加強語言能力最快速的方法之一。

　　當你在檢視本書所列舉的錯誤時，會從中發覺一些令人驚訝的事，像是一些在台灣人人皆使用的英語，原來竟是不正確的，甚至是貽笑大方或令人困惑的。只要你擺脫了本書所列舉的錯誤，你就能讓自己成為台灣英語使用者行列中的佼佼者！祝好運！

Dana Forsythe

　　要掌握一門語言，除了需要多聽多讀，更要多記、多用。但是，在學習英文的過程中，有許多似是而非的觀念，如果觀念無法釐清，一直重複犯錯，不但會影響英語的學習，甚至會鬧出笑話。中國人很容易受到中文思考邏輯習慣的影響，犯下一些典型的錯誤，本書針對國人最常犯的錯誤，逐一作有系統地介紹和解析，幫助讀者徹底釐清模糊的觀念，真正提昇英文程度。

　　作者累積多年在台的豐富教學經驗，整理出最常見的英語錯誤用法，正誤並列，一眼即可洞察易錯的字詞。每一錯誤皆有完整清晰的說明解釋，深入淺出，使讀者了解造成錯誤的原因，幫助讀者釐清細微的文法語意錯誤，使英語能力更加精進。

　　本書將錯誤例句加以分類：「語意不清」、「語意清楚但句構錯誤」、「可笑的」、「會得罪人」等，目的在使學習者透過這些典型錯誤的分析，明白這些錯處在以英文為母語的人士眼中代表什麼意義，進而突破學習英文的障礙，掌握英文語法與語意的特質，培養使用正確英語的良好習慣。

忙碌的工商社會，溝通越來越頻繁，隨著網路發達，Email 滿天飛，但中英文夾雜，錯誤隨處可見。人們為了求快，常顧不得修正錯誤；或更具體的說，大多數人知道可能有錯，卻苦於求助無門。

十五年前從南陽街轉戰到外商銀行，在外商職場打轉最感嘆兩件事：其一是看到許多資深同仁因為英文不好而始終與不通中文的老闆或客戶有溝通障礙，導致日漸退縮甚至自我懷疑，影響自信，每回想到他們「談英色變」的驚懼表情，總會不忍。我常想，其實職場會用到的英文就那一些，難道不可以有高人灌頂，簡單點學會嗎？

另一個感嘆則是因為電腦通訊技術的日新月異，寫英文 Email 或和外國人交談對許多人而言已是家常便飯，可惜大多數人的英文錯誤百出而不自覺，大錯小錯不斷重犯，那種感覺總像喝蛤礪湯咬到沙一般，把人弄得不舒服。

大部分人覺得英文會話較簡單，也有人說英文寫作較容易，不論如何，台灣人（外國人）難免都會犯錯，因為母語和非母語常會在腦中打架，譬如把助動詞 will 當成「會」而將「我通常每天會去溜狗。」誤說為 I usually will walk my dog everyday，又譬如分不清 and 和 with 的用

法，或把名詞誤當動詞用。

商務英文為全球人士所通用，不論說寫，精簡扼要為最高原則，據統計，90％的英文會話使用僅約兩千個英文單字，而95％的英文寫作僅約使用四百個英文字。各行各業更有其專業的英文詞彙，行銷人常用的英文就與旅遊業大相逕庭，銀行和製造業更是「各說各話」。其實職場英文所需學的有限，實在沒必要鉅細靡遺拿字典從A背到Z，每每開個頭就半途而廢，徒增沮喪。另外，更建議朋友們，簡單寫，輕鬆說，言簡意賅，並且力求無誤。

但是要怎麼改正自己的英文錯誤呢？有個好消息是：台灣人說寫英文時所犯的錯誤有相當程度的共通性！近日在《工商時報》看到〈搞定商務英文〉專欄，心中一陣驚喜，想著終於有有心人士為英語通病對症下藥，幫助商場上的朋友們解開多年的困擾。現在這個人氣專欄終於要集結出書了，作者Dana以其多年實際商務英語教學經驗，經過分析整理，編寫出這本針對台灣商務人士常犯的英語錯誤的書，正是許多求助無門的朋友的一帖快速解藥。

其實大多數人花了幾千個小時，十幾年歲月在學英文，肚子裡就像

是有個英語潛在的能量礦。上班寫 e-mail 、做簡報，很多人都勉強可以拼湊出英文語句，唯可惜小錯大錯不斷，身邊若無人可以指正錯誤，久而久之積非成是，習慣成自然，造成遺憾。研讀此書能讓自己的英文更上一層樓，對於平日常使用英文的人，此書可以快速有效地比對你的英文的正確性，提升水平；對於尚未開始用英文說寫的人則可引為借鏡，一出手就成功，令人刮目相看！

卓文芬

市場行銷部副總經理

AIG 友邦國際信用卡股份有限公司

本書特色及使用說明

　　本書包含中國人在說英語時最常犯的錯誤。閱讀本書後，你可以確信自己說英文時將不再錯誤連連，也更容易被他人理解，並能表現得更加專業。每一個學習語言的人都應該做錯誤分析，而本書就是要幫助你以更清晰、更有效的方法來分析你可能犯的錯誤。

本書主要特色

■條理分明

　　本書列舉的常見錯誤以大單元及大單元以下的小單元來作區別，以便讀者能更深入地研讀這些常見錯誤！若你發現你最常犯的錯誤都集中在某一特定的單元上，或是其下的小單元中，你即可得知需要從何著手以改進自己的英文能力。舉例來說，若你發現你犯的錯誤都集中在動名詞形式的名詞單元時，那麼你便知道你應該要從動名詞的解說單元開始著手。

■錯誤歸納法

　　錯誤歸納法是指讓讀者先看到錯誤，然後再讓你比照正確的句子及詳細說明。（大多數人分析錯誤的方法是先習得文法規則或字彙規則，然後才再看錯誤的地方；這種方式叫做演繹法。若講到修正錯誤的成效，演繹法不如本書所採用的歸納法。）本書由作者列舉的每一個錯誤，皆由總編審提供詳細的解析。因此，你能夠從中獲得精確的引導說明。

■分門別類

　　本書列舉的每一個錯誤都以下列幾種方式標示其類別：「語意不清」、「語意清楚但句構錯誤」、「可笑的」、「會得罪人」等。對學習者來說，能明白這些錯處在以英文爲母語的人士眼中代表什麼意義是很重要的。其中有很多都被標記上「語意清楚但句構錯誤」的註記，這表示這些錯誤基本上並不會讓人搞不清楚意思。然而，這一類的錯誤，有時會因情境或前後文的對應關係而造成聽者在語意上的混淆。由於這一類的錯誤都「有可能」造成意義混淆的窘境，因此讀者不可不愼。

■文法錯誤與字義錯誤

　　有些錯誤讀者以爲是文法句構上出了問題，事實上，錯誤的成因是由於誤解了某些字的意義，因而誤用了這些字。本書中，有些錯誤在句構單元講解過，但在字義及用法單元中又再次出現（並非同樣的句子，而是犯錯的類型相同）。如此安排的理由是因爲相同的錯誤可能有兩種不同的成因：一、對於整個句子的結構認識不足。二、對於句子中某個字的意義認識不足，而導致錯誤用法。

如何使用本書

　　本書的使用很容易上手，只要一個接著一個單元的研讀就行了。當你閱讀本書時，將自己使用英文時的表達方式與書上列舉的錯誤相互對照，並標註你容易犯的錯誤類形，之後你就可以回頭複習所標註的內容，並針對自己以後可能會犯的錯誤加以修正。

錯誤類別

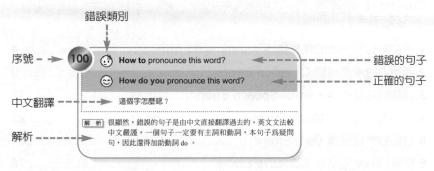

序號 ➙ 100

How to pronounce this word? ◀－－－－－ 錯誤的句子

How do you pronounce this word? ◀－－－－－ 正確的句子

中文翻譯 －－➙ 這個字怎麼唸？

解析 －－－ 解析 很顯然，錯誤的句子是由中文直接翻譯過去的。英文文法較中文嚴謹，一個句子一定要有主詞和動詞，本句子為疑問句，因此還得加助動詞 do。

■錯誤類別

語意清楚但
句構錯誤

語意不清造成
別人聽不懂

會得罪人

可笑的

CONTENTS

作者序

總編審序

推薦序

本書特色及使用說明

Section One
正式溝通場合中的常見錯誤 Errors in Formal Communication

Chapter **1** 結構錯誤 Structure Errors

Chapter **2** 字義與用法的常見錯誤 Word Meaning & Usage Errors

Section Two
日常對話中的常見錯誤 Errors in Conversation

Chapter 3 結構錯誤 Structure Errors

Chapter 4 字義與用法的常見錯誤 Word Meaning & Usage Errors

Section

ONE

正式溝通場合中的常見錯誤
Errors in Formal Communication

　　本部分列舉的錯誤是正式溝通場合中常出現的錯誤。正式的口說與正式的寫作原理幾乎完全相同，所以本部分所列舉的錯誤在口說及寫作中都常出現。不過，此書我們將著重在英文口說方面的錯誤。

　　This section contains errors that are common in formal oral communication. Formal speaking and formal writing are almost identical, so these errors often appear in both forms. However, in this book, we will focus on the oral aspects of English usage.

Chapter

結構錯誤
Structure Errors

　　本單元列舉了一般口頭和書面的溝通場合中常出現的結構錯誤。本單元之所以列舉這些錯誤作為教材是因為：
- 使用的字彙在正式的溝通場合中較常見
- 使用的文法結構在正式的溝通場合中較常見
- 對話的主題在正式的溝通場合中較常見

　　This unit contains structure errors that are common in both formal oral communication and formal written communication. The errors in this unit were chosen because they contain:
- vocabulary more common in formal communication
- grammar structures more common in formal communication
- topics more common in formal communication

CD 1　Track 2

1 主詞與動詞一致的常見錯誤
Agreement Errors

1

😐 Your updated software **work** great!

😊 Your updated software **works** great!

你的更新軟體非常好用！

解析 Software 一般視為**物質名詞**，作主詞時動詞須用**第三人稱單數**動詞。

2

😐 Jill **have** given us many good ideas.

😊 Jill **has** given us many good ideas.

姬兒給了我們很多好點子。

解析 Jill（女性名）是第三人稱單數，故助動詞須用 has ，後接過去分詞 given ，形成正確之**現在完成式**。

3

(☺) A lot of potential customers **is** not happy with our decision.

(☺) A lot of potential customers **are** not happy with our decision.

很多潛在客戶都不滿意我們的決定。

解析 Customer「客戶」為普通名詞,本句中以複數出現在主詞位置,故動詞須採複數形的 are。

4

(☺) Everybody at the workshop **were** very happy.

(☺) Everybody at the workshop **was** very happy.

研討會上的每個人都很開心。

解析 Everybody、somebody、anybody 和 nobody 等複合字皆視為**單數**,故動詞用第三人稱單數的 was。

5 My company always **expect** me to work on weekends.

My company always **expects** me to work on weekends.

我的公司總是希望我可以在週末工作。

解析 Company「公司」是單數名詞，做主詞時動詞需採第三人稱單數形，即在原形動詞後加 s。

6 We **sells** car cleaners all over the world.

We **sell** car cleaners all over the world.

我們車用清潔劑銷售到全世界。

解析 We「我們」是代名詞第一人稱主格的複數，做主詞用，故動詞須用複數形式的 sell。

7

😐 The shipment of T-shirts **were** delayed for one week.

😊 The shipment of T-shirts **was** delayed for one week.

這批 T 恤的運送遲了一個星期。

解析 本句的主詞為 the shipment ，of T-shirts 為介系詞片語，作形容詞用，修飾前面之主詞；因主詞為單數，故動詞應用 was 。

8

😐 The selling points certainly **is** something we should think about.

😊 The selling points certainly **are** something we should think about.

賣點當然是我們應該要考量的。

解析 本句主詞 the selling points 為複數，故動詞應用 are 。

9 Some of the crates **has** a little damage.

Some of the crates **have** a little damage.

這些板條箱中有幾個有小損傷。

解析 Crates 為複數，但因 some 亦表示複數，故動詞應用 have 。

10 There **were** no one from your department at the meeting.

There **was** no one from your department at the meeting.

你們部門沒有人來參加會議。

解析 There ＋ be 為中文「有」（表存在）的意思，真正的主詞為 no one ，而 no one 視為單數，故動詞用 was 。

2　問題中的常見錯誤
Question Errors

11

🙁　What **we can** do if they withdraw their offer?

😊　What **can we** do if they withdraw their offer?

如果他們撤回他們原來出的價錢我們該怎麼辦？

解析　本句為疑問句，故須將主詞 we 與助動詞 can「倒裝」，即將 can 置於 we 之前。

12

🙁　**What's** the advantages of this material?

😊　**What are** the advantages of this material?

這種材質有些什麼優點？

解析　本句為疑問句，而主詞並非句首的疑問詞 what，而是 the advantages，故動詞用 are。

13

?☹ **Do** you **like** to attend the year-end party this weekend?

☺ **1 Do** you **want** to attend the year-end party this weekend?

2 Would you **like** to attend the year-end party this weekend?

1 你想參加這個週末的年終派對嗎？

2 你要不要來參加這個週末的年終派對？

解 析 Like 一般作「喜歡」解，如： Do you like English?；如作「想要」解時，應與助動詞 would（表「客氣」）連用，否則應直接用 want 。

14

☺ How **it can** be used?

☺ How **can it** be used?

這個要怎麼用呢？

解 析 本句為以疑問副詞 how 所引導的疑問句，句中之主詞 it 應與助動詞 can 對調，形成倒裝句型。

15

? Are you come to visit our factory?

1 Are you coming to visit our factory?
2 Will you come to visit our factory?

1 你要來參觀我們的工廠嗎？
2 你會來參觀我們的工廠嗎？

解析 Come 為一般動詞（不及物），如與 be 動詞連用，應出現**進行式**。注意，本句的**現在進行式**用來表示「未來」，故本句亦可直接用**未來式**。

16

What is the difference **of** your old product and your new product?

What is the difference **between** your old product and your new product?

你們的舊產品和新產品有什麼不同？

解析 本句問的是新產品與舊產品「之間」有何不同，正確的介系詞應為 between 。

CD 1 ◯ Track 4

3 詞類的常見錯誤
Part-of-Speech Errors

17

😟 The larger package is more **economy**.

😊 The larger package is more **economical**.

較大的包裝比較經濟。

· ·

解 析 | 本句中的 more 為副詞「更」，而非形容詞「較多」的意思，
其後應為**形容詞** economical，而非名詞 economy。

18

😟 You can **choice** black or silver.

😊 You can **choose** black or silver.

你可以選擇黑色或銀色的。

· ·

解 析 | 原句中助動詞 can 應接（原形）動詞，choice 為名詞，應
改為 choose。

19

😀 The instrument requires two people to **measurement**.

😊 The instrument requires two people to **measure**.

這個器具需要兩個人來測量。

解析 動詞 require 之後若接「人」，其後必須跟 to V ，而 measurement 為名詞，故應改為 measure 。

20

😀 Was that **help**?

😊 Was that **helpful**?

那樣有幫助嗎？

解析 Help 為動詞或名詞，若是前者則本句不合文法，若為後者則語意不明，因此改為形容詞 helpful 。

21

🖐 We **product** OEM parts.

😊 We **produce** OEM parts.

我們代工生產零件。

解 析 Product 為名詞，本句需要的是動詞，故改為 produce 。
（OEM 為 original equipment manufacturer 之省略。）

22

🖐 Our editing team has a lot of **confident** in our travel books.

😊 Our editing team has a lot of **confidence** in our travel books.

我們的編輯小組對我們的旅遊書籍很有信心。

解 析 在 a lot of 後接名詞（可數、不可數皆可），而 confident 為形容詞，故改為 confidence 。

23

🙁 The department manager is a **nicely** person.

😊 The department manager is a **nice** person.

這個部門的經理是個好人。

解 析 修飾名詞應用形容詞，原句中的 nicely 為副詞，應改為形容詞 nice 。

24

🙁 Our overseas branch **loss** a lot of money last year.

😊 Our overseas branch **lost** a lot of money last year.

我們的海外分行去年虧了很多錢。

解 析 Loss 為名詞，本句需要的是動詞，本句的時間為 last year，故用動詞 lose 的過去式 lost 。

25

😐 I am **please** to have this opportunity to write to you.

😊 I am **pleased** to have this opportunity to write to you.

我非常高興有這個機會可以寫信給你。

解析 注意本句中的 please 不是**副詞**「請」的意思和用法；please 可作**動詞**用，意思是「使……高興」，而本句則應用 pleased，即由 please 的過去分詞轉用的形容詞，意思為 「高興的」。

26

😐 My **suggest** is that we buy fifty units.

😊 My **suggestion** is that we buy fifty units.

我建議我們買五十個。

解析 My 為第一人稱代名詞所有格，其後應接**名詞**，而 suggest 為動詞，故應改為 suggestion。

27

☹ You seem **surprise** to hear the news.

☺ You seem **surprised** to hear the news.

你聽到這個消息好像很驚訝。

解析 Seem 為一連綴動詞，其後應接**形容詞**，作為主詞補語；而 surprised 為過去分詞轉用之形容詞。

28

☹ Please **advice** us of how to handle the shipping.

☺ Please **advise** us of how to handle the shipping.

請建議我們要怎樣處理貨運事宜。

解析 Advice 為**名詞**， advise 才是**動詞**，不可混淆；本句需要的 是動詞 advise。

29

☹ My presentation is **finish**.

☺ 1 My presentation is **finished**.

2 My presentation is **over**.

3 My presentation is **done**.

1 我的簡報做完了。

2 我的簡報結束了。

3 我的簡報做好了。

解析 Finish 為動詞，其過去分詞 finished 則可作形容詞，意思就是 over「完畢」、done「完成」。

30

☹ Our shop **opens** every day from 9 a.m. to 6 p.m.

☺ Our shop **is open** every day from 9 a.m. to 6 p.m.

我們的店每天早上九點營業到下午六點。

解析 動詞 open 指開的「動作」，本句應選用**形容詞**的 open 表示開的「狀態」。

31

☹ The boss would like to **production** the new model for the European market.

☺ The boss would like to **produce** the new model for the European market.

老闆想為歐洲市場製作新式樣。

解析 Would like to 中的 to 是**不定詞**的 to，不是介系詞 to，因此其後用**原形動詞**，而非名詞。

32

☹ I have a few comments about our **recently** meeting.

☺ I have a few comments about our **recent** meeting.

關於我們最近的會議我有一些意見。

解析 Recently「近來」為副詞，本句需要的是**形容詞**來修飾名詞 meeting，故改為 recent「最近的」。

33

☺ My company always contributes to local charities. They support **worth** causes.

☺ They support **worthy** causes.

我的公司常捐助當地的慈善機構。這些機構支持有意義的事。

解析 Worth 和 worthy 都是「有價值的」，但 worth 不直接修飾名詞，而 worthy 則用在名詞前直接修飾名詞。

34

☺ As you can see, the technology in our new system is quite **advance**.

☺ As you can see, the technology in our new system is quite **advanced**.

如你所見，我們新系統的技術相當先進。

解析 Quite 為副詞，應用來修飾形容詞，而 advanced 為過去分詞轉用的形容詞。

35

🙁 Our sales staff can give you a **demonstrate** of the tools.

😊 Our sales staff can give you a **demonstration** of the tools.

我們的銷售人員可以為你示範如何使用工具。

解析 Give 為一**授與動詞**，先接間接受詞（一般是「人」），再接直接受詞（一般是「物」），故將動詞 demonstrate 改為名詞，作 give 的直接受詞。

36

🙁 Can you **analysis** the product specifications again?

😊 Can you **analyze** the product specifications again?

你可以把產品規格再分析一次嗎？

解析 Analysis 為名詞，而本句中需要的是動詞，故改為 analyze 。

37

😐 Many people are concerned about the **economic**.

😊 Many people are concerned about the **economy**.

許多人擔心經濟。

解 析 Economic 是形容詞， economy 是名詞，原句中因其前有定冠詞，故應用**名詞**。

38

😐 You need an access card to **entry** the office.

😊 You need an access card to **enter** the office.

你需要一張通行卡才能進入辦公室。

解 析 本句中的 to 為不定詞的 to ，而非介系詞，其後應跟原形動詞，故將 entry 改為 enter 。

39

🙂 Did you ship the crates to **British** yet?

😊 Did you ship the crates to **Britain** yet?

板條箱你運送到英國了嗎？

| 解 析 | British 爲形容詞， Britain「不列顚」才是名詞。（「大不列顚」爲 Great Britain 。）

40

🙂 Your report is very **detail**. I am pleased.

😊 Your report is very **detailed**.

你的報告非常詳盡。我很滿意。

| 解 析 | Detail 作名詞意思爲「細節」，作動詞意思爲「詳述」，在 very 後本句需要的應是**形容詞**，故改爲 detailed「詳盡的」（過去分詞轉形容詞）。

41

😐 You will **delivery** the drinks each week, right?

😊 You will **deliver** the drinks each week, right?

你會每個星期運送飲料，對嗎？

解析 原句中的 delivery 為一名詞，因其前為助動詞 will，故知應改為動詞 deliver。

42

😐 The two leaders in this field are **Korean** and Japan.

😊 The two leaders in this field are **Korea** and Japan.

這個領域的兩個先驅是韓國和日本。

解析 本句之主詞 leaders 並非指「人」，而是指「國家」，故將 Korean 改為 Korea。另，注意對等連接詞 and 所連接的應是對等的兩個名詞，即「韓國」與「日本」。

43

☹ With our technology, you will **be** more **freedom**.

☺ With our technology, you will **be** more **free**.

有了我們的技術,你將更自由。

解析 Freedom 是名詞,「人」不可能是「自由」,應是「自由的」,故改為形容詞 free。(本句亦可改為:..., you will **have** more freedom.)

44

☹ Now we use a **manufacture** in Singapore.

☺ Now we use a **manufacturer** in Singapore.

現在我們用新加坡的製造商。

解析 Manufacture「製造」為動詞,因其前已有動詞,並有不定冠詞 a,故知應改為名詞 manufacturer「製造商」。

45

🙁 I am a bit **disappointment** about the quality of their work.

😊 I am a bit **disappointed** about the quality of their work.

我對他們的工作品質有點失望。

解析 本句中的 a bit 為副詞，其後應接修飾的對象，即形容詞 disappointed 。

筆記

CD 1 Track 5

4 名詞的常見錯誤
Noun Errors

4.1 單數與複數的常見錯誤 Singular/Plural

46

How many sizes **do** your product come in?

How many sizes **does** your product come in?

你們的產品有多少種規格？

解 析 注意本句的主詞並非 sizes，而是 your product，因此助動詞應用第三人稱單數的 does。

47

I am a **salespeople**.

I am a **salesperson**.

我是一名銷售員。

解 析 People 指「人們」，本身為複數；因本句主詞是 I，故改成 person。另，注意 salesperson 中的 sale 之後有 s。

48

🙁 Let me tell you **two my** ideas.

😊 Let me tell you **my two** ideas.

讓我告訴你我的兩個想法。

解 析 英文中若有**所有形容詞**和**數字形容詞**修飾同一個名詞，**所有格**須在前，**數字**在後。（本句亦可將數字 two 作**代名詞**，置於 my 之前，但須加介系詞 of，如： two of my ideas 。）

49

🙁 There are almost one hundred **peoples** in our company.

😊 There are almost one hundred **people** in our company.

我們公司有將近一百人。

解 析 People 是「人們」的意思，本身就為複數，不用再加 s ；但，注意 people 若作「民族」解時，則可用單、複數，如： a peace-loving people 、 the peoples of Asia 。

50

😐 The **point** we have to consider today are liability and insurance.

😊 The **points** we have to consider today are liability and insurance.

我們今天要考慮的重點是責任和保險。

解析 Be 動詞屬連綴動詞，其後為主詞補語；本句中之補語為 liability and insurance ，是「兩」項事物，故主詞應為複數。

51

😐 Many companies in the industrial park produce **shoeses**.

😊 Many companies in the industrial park produce **shoes**.

很多工業園區的公司製造鞋子。

解析 Shoe「鞋子」一般本常用複數 shoes（因為成「雙」），故不可再加複數字尾 es 。

52

😶 The **followings** are the main points to be discussed.

😊 The **following** are the main points to be discussed.

以下是討論的重點。

解 析 The following 的意思可為單數或複數，但其本身採單數形，不可加 s。

53

😶 We are pleased about the recent sales **figure**.

😊 We are pleased about the recent sales **figures**.

我們對於最近的銷售數據非常滿意。

解 析 Figure 雖是一可數名詞（即可以為單數或複數），但講「數據」時一般常用複數。

54

😠 We hope to sell them many **seats covers**.

😊 We hope to sell them many **seat covers**.

我們希望賣給他們很多椅套。

解 析 英文中有所謂的**複合名詞** (compound noun)，即由「兩」個名詞組合成另「一」個名詞，但須注意複合名詞若為「複數」，只能在第二個名詞尾加 s，因為前一個名詞的功能為**形容詞**，而形容詞沒有複數形。

55

😠 Can I get some **benefits** if I assist you?

😊 Can I get some **benefit** if I assist you?

如果我協助你我可以得到一些好處嗎？

解 析 Benefits 通常指各種福利、補貼，如公司提供的 fringe benefits，本句的 benefit 指較抽象的「好處」。

4.2 可數與不可數的常見錯誤 Countable/Uncountable

56

?☹ You like these hats? **How many pieces** would you like?

☺ **How many** would you like?

你喜歡這些帽子嗎？你想要幾頂呢？

....

解 析 Hat 為**可數名詞**，表示數量在 How many 後不須用量詞 piece ，可直接用 How many 來代替 How many hats 。（Many 除了作形容詞外，亦可作代名詞。）

57

✋ Our intern is supposed to conduct **a market research**.

☺ Our intern is supposed to conduct **market research**.

我們的實習生應該進行市場調查。

....

解 析 Research 一般作不可數名詞，故不可加不定冠詞 a 。

58

😐 Can you give us any **advices** about how to market the product?

😊 Can you give us any **advice** about how to market the product?

你們可以給我們任何有關要如何銷售這個產品的意見嗎？

解 析 Advice 為一**不可數名詞**，故不可使用複數形；但若要數它，可在前使用量詞 piece ，如： a piece of advice 。

59

😐 I want to inquire about **laser printer** I purchased last week.

😊 I want to inquire about **the laser printer** I purchased last week.

我想要詢問關於我上星期購買的雷射印表機。

解 析 (Laser) printer 為可數名詞，又為單數，故須在其前使用**限定詞** (determiner)，因本句明確表示為「上星期購買之印表機」，故在其前加定冠詞 the 。

60

(☺) We need to read **these** consumer **mails** as soon as possible.

(☺) We need to read **this** consumer **mail** as soon as possible.

我們必須儘快看這封消費者的來信。

解析 Mail 指「郵件」，爲**不可數名詞**，不可加 s。注意，不可將 mail 與 letter 混淆， letter 是可數名詞。

61

(☺) Our supplier sent us **note** regarding the late shipment.

(☺) Our supplier sent us **a note** regarding the late shipment.

我們的供應商發給我們一封關於延遲出貨的簡短信函。

解析 Note 可作「短箋」解，爲可數名詞，若爲單數，其前必須用**限定詞**，如不定冠詞 a。

62

☹ In my professional **views**, the photos in the catalog will not attract anyone's attention.

☺ In my professional **view**, the photos in the catalog will not attract anyone's attention.

以我專業的眼光來看，目錄裡的照片不會吸引任何人的目光。

解析 In one's view 和 in one's opinion 兩片語中的 view 和 opinion 都不用複數。

63

☹ I don't have **a time** to respond to her e-mail now.

☺ I don't have **time** to respond to her e-mail now.

我現在沒有時間回她的電子郵件。

解析 Time 作「時間」解時為不可數；作「次數」解時則可數。

64

☹ It is **a hard work** to prepare all of these emergency orders.

😊 It is **hard work** to prepare all of these emergency orders.

要備妥這些所有的緊急訂單是項艱難任務。

解析 Work 是**不可數名詞**，因此其前不可加不定冠詞 a ；但 job 則為可數名詞，二者不可混淆。

65

🙁 We like your company's travel books. We would like to order several hundred **pieces**.

😊 We would like to order several hundred **copies**.

我們很喜歡你們公司的旅遊書籍。我們想要訂幾百本書。

解析 Piece 為**量詞**，只用來「數」不可數之名詞（如： two pieces of paper），而 copy 則可用來指書籍的「本、冊」。

66

😐 I need to paste this poster on the wall. Could you get me **a glue**?

😊 **1** Could you get me **a bottle of glue**?

2 Could you get me **some glue**?

我得將這幅海報貼在牆上。

1 你可以幫我拿一瓶膠水來嗎？

2 你可以幫我拿一些膠水來嗎？

解析 Glue 為一**物質名詞**，不可數，故其前不可用不定冠詞 a ；可改為 a bottle of glue 或 some glue 。

67

😐 This company requires too **many** hard **works**.

😊 This company requires too **much** hard **work**.

這家公司的工作過度繁重。

解析 Work 為**不可數名詞**，故不可加 s ，因此也不可用 many 修飾。（注意， homework 和 housework 亦不可數。）

68

☺ We have **many evidences** of unethical activities by our competitor.

☺ We have **a lot of evidence** of unethical activities by our competitors.

我們有很多我們競爭對手卑鄙活動的證據。

解析 Evidence 為**不可數名詞**，不可加 s ，亦不可用 many 修飾。

69

☺ We need to buy a lot of **furnitures** for the new office.

☺ We need to buy a lot of **furniture** for the new office.

我們的新辦公室需要購買很多家具。

解析 Furniture 為**不可數名詞**，沒有複數形，不能加 s 。

70

🙁 The director has told us **a good news** about his negotiation.

😊 The director has told us **(some) good news** about his negotiation.

主任已經告訴我們關於他協商的好消息。

解析 News 為一**不可數名詞**，其前不可用不定冠詞 a，但可用 some，因 some 可修飾可數名詞，也可修飾不可數名詞。

71

🙁 I want to tell you about **an important information** the manager just told me.

😊 I want to tell you about **an important piece of information** the manager just told me.

我想告訴你一個經理剛告訴我的重要訊息。

解析 Information 為一**不可數名詞**，其前不可使用不定冠詞 a，若要使用 a 則需要加量詞 piece。

72

☹ Our factory is stocked with brand-new **equipments**.

☺ Our factory is stocked with brand-new **equipment**.

我們的工廠有全新的設備。

解 析 Equipment 為**不可數名詞**,無複數形,不可加 s。

73

☹ The receptionist needs to display more polite **behaviors**.

☺ The receptionist needs to display more polite **behavior**.

該櫃檯人員需要表現更禮貌的態度。

解 析 Behavior 可以加 s,但一般使用時多作為不可數名詞,尤其本句指「一個人」在「一特定情況下」的行為,並無理由使用複數形。

74

😐 We would like you to attend **meeting** tomorrow.

😊 **1** We would like you to attend **the meeting** tomorrow.

2 We would like you to attend **a meeting** tomorrow.

3 We would like you to attend **our meeting** tomorrow.

1 我們希望你可以參加明天的那場會議。

2 我們希望你可以參加明天的會議。

3 我們希望你可以參加我們明天的會議。

解析 Meeting 為可數名詞，其前須用**限定詞**，如定冠詞 the 、不定冠詞 a 或所有代名詞 our 皆可。

筆記

4.3 動名詞的常見錯誤 Gerunds

75

☺ Can we delay **to ship** the crates for two more days?

☺ Can we delay **shipping** the crates for two more days?

我們可以延後兩天運那些板條箱嗎？

〔解 析〕 一般在動詞 delay 後應接名詞或動名詞作為其受詞。類似的動詞包括 enjoy、mind、celebrate ……等。

76

☺ The case is opened by **push** this button.

☺ The case is opened by **pushing** this button.

這個箱子是按這個按鈕打開的。

〔解 析〕 By 為介系詞，其後應有受詞，而動詞不能當受詞，須改成動名詞。

77

🙁 Please check the power connection before **turn on** the machine.

😊 Please check the power connection before **turning on** the machine.

請在啟動機器之前先檢查電源連接處。

解析 Before 為介系詞，其後須接名詞作為受詞，如遇動詞則須改為動名詞。

78

🙁 Should we risk **to promote** the old product line?

😊 Should we risk **promoting** the old product line?

我們是否該冒險促銷舊款產品？

解析 Risk 為及物動詞，之後若遇另一動詞，須將動詞改為動名詞的形式當受詞。

79

😀 We look forward to **hear** from your company.

😊 We look forward to **hearing** from your company.

我們非常期待貴公司的回應。

解析 注意片語 look forward to 中的 to 為**介系詞**，其後應接受詞（名詞），本句中因其後原為一動詞，故須改為動名詞，才可做 to 的受詞。

80

😀 Thank you for **come** to our office on such short notice.

😊 Thank you for **coming** to our office on such short notice.

謝謝你在接到通知後這麼短的時間內就到我們辦公室。

解析 For 為介系詞，其後應接受詞，若碰到動詞，則須改成動名詞。

81

😕 We can't avoid **to miss** the deadline.

😊 We can't avoid **missing** the deadline.

我們勢必趕不上截止時間。

解析 某些動詞（如： avoid 、 enjoy 、 mind 等）其後如遇動詞，應改成動名詞型式，如本句中的 missing 。

82

😕 Would you mind **to explain** the operating procedure again?

😊 Would you mind **explaining** the operating procedure again?

你介意再解釋一次營運流程嗎？

解析 Mind 作及物動詞用時，接名詞或動名詞作其受詞，不可用不定詞。

83

😐 I enjoy **to talk** with you about your innovative ideas.

😊 I enjoy **talking** with you about your innovative ideas.

我很喜歡和你討論你的創新點子。

解 析 Enjoy 為及物動詞，其後須接受詞，如遇動詞則須用動名詞，而非不定詞形式。

4.4 代名詞的常見錯誤 Pronouns

84

😐 Could you **write down**?

😊 Could you **write it down**?

你可以把它寫下來嗎？

解 析 Write 為一及物動詞，其後必須跟受詞，如本句之 write **it** down。

85

🙁 Do you **like**?

😊 Do you **like it**?

你喜歡它嗎？

解析 Like 是及物動詞，必須有受詞，其受詞可為名詞（如：I like English.）、代名詞（如本句）、動名詞（如：I like dancing.）或不定詞（如：I like to read.）。

86

😆 (introducing Benny)
He is our sales agent, Benny.

😊 **This** is our sales agent, Benny.

（介紹班尼）
這是我們的銷售代表班尼。

解析 在介紹某人給某人認識時，不可用**人稱代名詞** he，而應使用**指示代名詞** this，否則別人會以為介紹者自己都不認識 Benny。

87

🖐 This lotion smells great. I will **introduce** to my friends.

😊 I will **introduce it** to my friends.

這個乳液聞起來很香。我會把它介紹給我朋友。

解 析 Introduce 是及物動詞,其後須接受詞;本例中先提及 lotion,再提及時為避免重複,而用代名詞 it 代替之。

88

🖐 If my computer stops working again, I will **take apart it** myself.

😊 If my computer stops working again, I will **take it apart** myself.

如果我的電腦又當機,我會自己把它拆了。

解 析 Take apart 為一**雙字動詞** (two-word verb),若其受詞為代名詞,須置於 take 與 apart 之間,不可放在後面。

4.5 子句的常見錯誤 Clauses

89

☹ No matter **they propose**, we will ask for a ten percent discount.

☺ No matter **what they propose**, we will ask for a ten percent discount.

不論他們的提案是什麼，我們都會要求百分之十的折扣。

解析 No matter what/which/who/where/when/why/how「無論什麼／哪一個／誰／何處／何時／為什麼／如何」在句中具連接詞的功能，為固定用法，no matter 後之疑問詞不可任意省略。

90

☹ The problems **need to be resolved** are the defect ratio and the packaging delays.

☺ The problems **that need to be resolved** are the defect ratio and the packaging delays.

有待解決的是瑕疵品比率和包裝延遲的問題。

解析 本句主詞 The problems 之後為一關係子句（形容詞子句），因關係代名詞在該子句中具**主詞**之功能，故不可省略。

91 😀 **We export to the U.S.** is about ninety percent.

😊 **The amount we export to the U.S.** is about ninety percent.

我們外銷美國的數量大約是百分之九十。

解析 原句中出現兩個動詞 export 與 is ，卻無兩個子句，經訂正之後 we export to the U.S.為一關係子句（形容詞子句）修飾其前之**先行詞** the amount 。（注意，此關係子句之關係代名詞 that 因在子句中做受詞，故省略。）

92 😀 The reason I am here is **because** I want to discuss the stock market.

😊 The reason I am here is **that** I want to discuss the stock market.

我來這裡是因為我想討論股市。

解析 Because 為一從屬連接詞，用來引導表原因的副詞子句；本句中主要子句的主詞為 The reason ，動詞為 is ，其後應接主詞補語，而主詞補語應為名詞，不可為副詞，故將連接詞改為 that ，即以名詞子句作主詞補語。（注意，本句主要子句主詞 The reason 後有一形容詞子句 I am here ，而引導此子句的**關係副詞** why 可省略。）

CD 1　Track 6

5 動詞的常見錯誤
Verb Errors

5.1 簡單式的常見錯誤 Simple Tense

93

🙁 We can let you **to replace** your order.

😊 We can let you **replace** your order.

我們可以讓你更換你的訂貨。

解析 本句中的 let 為一**使役動詞**，其受詞 you 的補語須用原型動詞，即，將不定詞的 to 省略。

94

🙁 Last weekend I **did** nothing but **watched** TV.

😊 Last weekend I **did** nothing but **watch** TV.

上個週末我什麼都沒做只看電視。

解析 在 nothing but 後應用**原形動詞**，故將 watched 改為 watch。

95

🙁 I had **placed** the order last week, so they must have received it by now.

😊 I **placed** the order last week, so they must have received it by now.

我上星期下了訂單,所以他們現在一定收到了。

解析 本句中出現一明確過去時間 last week ,故動詞應用過去**簡單式**,無須使用過去**完成式**。

96

🙁 The factory's line workers **were supported** the management's decisions.

😊 The factory's line workers **supported** the management's decisions.

這家工廠生產線的員工支持資方的決定。

解析 依句意,「員工支持資方的決定」應為主動式,故將 be 動詞 were 去掉。

97

？☹ A: Can your company furnish us with fog lights?
B: We **didn't** produce fog lights.

☺ B: We **don't** produce fog lights.

A: 你們公司可以提供我們霧燈嗎？
B: 我們並不生產霧燈。

解析 此對話之「情境」為「現在」，動詞一律使用現在式，故將 didn't 改為 don't。

98

☹ **Is** anyone have any questions?

☺ **Does** anyone have any questions?

有人有任何問題嗎？

解析 Have 在本句中作普通動詞用，故構成問句時需用助動詞 does，而非 be 動詞 is。

99

🖐 If we have to return the product, **what** happen?

😊 If we have to return the product, **what will** happen?

如果我們得退回產品，會發生什麼事呢？

解析 條件句（if 子句）須以現在式代替未來式，故主要子句之動詞應以**未來式**呈現。

100

🖐 When did they **told** you about the salary increase?

😊 When did they **tell** you about the salary increase?

他們什麼時候告訴你要加薪的？

解析 本句為疑問句，過去式的概念已由助動詞 did 表達， told 須還原。

101

A: Did you repair the computer yet?
B: Yes. It **is work** now!

B: Yes. It **works** now!

A: 你修電腦了嗎?
B: 是的。現在可以用了!

解析 機器、器官等的「運作」,英文用動詞 work 表達;因主詞 it 為第二人稱單數,故加 s。

102

She made us **to leave** the office because we were too noisy.

She made us **leave** the office because we were too noisy.

她迫使我們離開辦公室因為我們太吵了。

解析 Make 在本句中為**使役動詞**,其受詞補語須使用原形動詞。

103

🙁 The government **buyed** many computer screens from us last year.

😊 The government **bought** many computer screens from us last year.

政府去年向我們買了很多電腦螢幕。

解 析 Buy 為不規則動詞，其三態為 buy 、 bought 、 bought 。

104

🙁 Please consider purchasing our new software. It is so fast and therefore **is save** time.

😊 It is so fast and therefore **saves** time.

請考慮購買我們的新軟體。它非常快速因此很省時。

解 析 And 為對等連接詞，用來連接 is 和 saves 兩個動詞（主詞為 it）； is save 為錯誤動詞結構。

105

?😞 Our manager **was finished** the report yesterday.

😊 Our manager **finished** the report yesterday.

我們經理昨日已完成報告了。

──────────

解析 依句意，主詞 Our manager 為「主動」完成報告者，故用主動式動詞 finished。

106

?😞 We **have invested** a lot of money in the new project last month.

😊 We **invested** a lot of money in the new project last month.

我們上個月在新方案上投資了很多錢。

──────────

解析 原句中有時間副詞 last month，表明是在「過去」所發生的事，故動詞應採**過去式**，而非現在完成式。

107

🖐️ Last night I **must** stay up late and prepare the annual report.

😊 Last night I **had to** stay up late and prepare the annual report.

昨晚我必須熬夜準備年度報告。

解析 助動詞 must 本身無過去式，可用其同義詞 have to 之過去式 had to 來表達。

108

🖐️ I **am like** your suggestion.

😊 I **like** your suggestion.

我喜歡你的建議。

解析 Like 當「喜歡」時為**動詞**，不可再用其他動詞，作「像」解時為**介系詞**，應加動詞，如： Don't talk like that.。

109

He almost **go crazy** when we told him the bad news.

He almost **went crazy** when we told him the bad news.

我們告訴他這個壞消息時,他幾乎抓狂了。

解析 本句中有一表「過去時間」之 **when 子句**,故主要子句之動詞應用過去式。

110

Robert **was e-mailed** the data to me yesterday.

Robert **e-mailed** the data to me yesterday.

羅伯特昨天用電子郵件寄資料給我了。

解析 E-mail 可作動詞,指「發電子郵件」,本句之主詞 Robert 乃發件之人,沒有理由用被動式。

111

A: Did you contact the American buyer yet?
B: My secretary **had sent** a letter yesterday.

B: My secretary **sent** a letter yesterday.

A: 你和美國的買家聯絡了嗎?
B: 我的秘書昨天寄信了。

解析 本對話之情境為「過去」,又 B 之回答中用了 yesterday,
故動詞用過去簡單式即可。

112

K-Mart **is** no longer **exist**.

K-Mart **no** longer **exists**.

K-Mart 再也不存在了。

解析 Exist 為**動詞**,非形容詞,不可再使用其他動詞。另,注意
主詞 K-Mart 為第三人稱單數,故動詞加 s。

113

🙁 I apologize that we didn't **went** to the ceremony last night.

😊 I apologize that we didn't **go** to the ceremony last night.

我為我們昨晚沒去典禮道歉。

解析 本句中 that 子句表達的動作發生在過去 (last night)，但「過去」的概念已在表否定的**過去式**助動詞 didn't 中表達，故動詞用原形。

114

🙁 We **are agree** with your proposal.

😊 We **agree** with your proposal.

我們同意你的提案。

解析 Agree 本身即為動詞，不須再使用 be 動詞。

115

😐 Thank you for the list of procedures that you had **sent** me on July 4.

😊 Thank you for the list of procedures that you **sent** me on July 4.

謝謝你七月四日寄給我的流程表。

解析 句中只出現一明確過去時間 July 4 ，故動詞應用**過去簡單式**，無須採用**過去完成式**。

5.2 進行式的常見錯誤 Progressive Tense

116

😐 I am **call** to talk to your accounts department.

😊 I am **calling** to talk to your accounts department.

我打電話來找你們的會計部門。

解析 Am call 為錯誤動詞組合，如主動詞 call 之前用 be 動詞 am ，應將 call 改為現在分詞，構成現在進行式。

117

🙁 Recently we **are** working on a new computer project.

😊 Recently we **have been** working on a new computer project.

最近我們一直在進行一個新的電腦專案。

| 解 析 | Recently 是「近來、最近」的意思，恰當的動詞時態應為**現在完成進行式**，而非現在進行式。

118

🙁 Sorry for the interruption. Let me finish what I was **say**.

😊 Let me finish what I was **saying**.

很抱歉被打斷了。請讓我把話說完。

| 解 析 | Say 為動詞，不應置於過去式 be 動詞 was 之後，如將其改為現在分詞 saying，則構成過去進行式。

5.3 完成式的常見錯誤 Perfect Tense

119

?☹ We **are** in the shoe business since 1995.

😊 We **have been** in the shoe business since 1995.

從一九九五年以來我們就從事鞋業了。

解析 Since 1995 意思是「自一九九五年至今」，故動詞應用**現在完成式**。

120

🤭 Thanks for sharing your ideas with me. I **had learned** many things from you.

😊 I **have learned** many things from you.

謝謝你和我分享你的想法。我已經從你那兒學到很多東西。

解析 從本例中之第一句話可知，正確情境為「現在」，即「至目前為止已經」，故用現在完成式。

121

🙁 Have you ever **get** a late invoice from them?

😊 Have you ever **got** a late invoice from them?

你有從他們那拿到遲來的發票嗎？

解析 Get 為不規則動詞，其三態為 get、got、got/gotten，本句為**現在完成式**，主動詞應使用過去分詞。

122

😕 I **am** a managing director for only one year.

😊 I **have been** a managing director for only one year.

我只當了一年管理主任。

解析 本句中有表時間長短之片語 for only one year，意指「從去年到現在」，故應用**現在完成式**，而非現在簡單式。（注意，片語中之 for 可省略）。

123

😐 I **divide** my presentation into four main points.

😊 I **have divided** my presentation into four main points.

我已經把我的報告分成四大要點。

解析 本句中雖無明顯時間副詞，但依句意「分」的動作目前已完成，故用現在完成式。

124

😐 We have **improve** our product every year for the last five years.

😊 We have **improved** our product every year for the last five years.

過去五年來我們每一年都改良我們的產品。

解析 本句的時間副詞若只為 every year ，則動詞用現在簡單式，但本句動作發生的時間是「過去五年來的每一年」，故應用現在完成式。

125

(⊙) What is the most interesting thing you **had seen** while here in Taipei?

(☺) What is the most interesting thing you **have seen** while here in Taipei?

當你在台北時看過什麼最有趣的事？

解析 本問句的「情境」為「現在」（注意主動詞為現在式 is），故沒有理由使用「過去」完成式，應改為現在完成式。

5.4 情態助動詞的常見錯誤 Modals

126

(⊙) I **should to be** free to help you later today.

(☺) I **should be** free to help you later today.

我今天晚點時應該有空幫你。

解析 Should 屬情態助動詞，其後接原形動詞，不可接不定詞。

127

You can **setting** the temperature by pressing this button.

You can **set** the temperature by pressing this button.

你可以按這個按鈕來設定溫度。

解析 在情態助動詞（如：can、could、may、would 等）後˙，應用原形動詞；在作助動詞用的 be 動詞後才能出現現在分詞（構成現在進行式）。

128

Could you like to wait for a moment?

Would you like to wait for a moment?

你想等一會兒嗎？

解析 Would you like to...? 的意思是「你想要……嗎？」是固定用法，不可任意更改。

129

I hope I **could** improve my language ability so I can be transferred to the European office.

I hope I **can** improve my language ability so I can be transferred to the European office.

我希望我可以加強我的語言能力，這樣我就可以被調到歐洲的公司。

解析 Hope 表可能實現的「希望」，wish 表不可能或難以實現的「願望」；hope 後的子句中不用假設語氣，而 wish 後的子句則須使用假設語氣；故將 could 改為 can。

130

I **like** to make an appointment for next week.

I **would like** to make an appointment for next week.

我想約下星期見面。

解析 I like to 與 I would (I'd) like to 意義與用法不同；前者的意思是「我喜歡做……」，後者則用來表示說話者「想做……」，是客氣、委婉的一種表達方式。

131

😐 As you **could** see from the schedule, we only have one hour for the factory tour.

😊 As you **can** see from the schedule, we only have one hour for the factory tour.

一如你在計劃表看到的,我們只有一小時參觀工廠。

解析 本句情境為「現在」,而 could 為 can 之過去式,不適用本句。注意, could(和 would 類似)有時可表「客氣」,如用於請求時: Could you do me a favor?。

5.5 不定詞的常見錯誤 Infinitives

132

😐 Nice **meet** you.

😊 Nice **to meet** you.

很高興認識你。

解析 Nice to meet you. 為 It's nice to meet you. 的省略式;換言之,不定詞片語 to meet you 原為眞主詞, to 不可任意省略。

133

☹ The photocopier broke down again. Could you manage **repairing** it?

☺ Could you manage **to repair** it?

影印機又壞了。
你能設法修好它嗎？

解析 在 manage 後遇到動詞時，要改爲不定詞 to ＋ V 形式，不可用動名詞 V ＋ ing。

134

☹ It will be our pleasure **treating** you to dinner.

☺ It will be our pleasure **to treat** you to dinner.

能請你吃晚餐是我們的榮幸。

解析 本句的 It 爲假主詞，而不定詞與動名詞雖皆可用假主詞代替，但因主要動詞爲未來式，故應選表「將」發生的不定詞，而非「已」發生的動名詞。

135

☹ Allow me to **introducing** myself.

😊 Allow me to **introduce** myself.

容我介紹我自己。

解析 本句中之 to 為不定詞的 to，非介系詞 to，故其後用原形動詞。

136

☹ The company forced him **accept** a lower salary.

😊 The company forced him **to accept** a lower salary.

這家公司強迫他接受較低的薪資。

解析 本句中的 forced 為一普通動詞，其受詞 him 必須用不定詞 to ＋ V 做為補語，否則句中就會有兩個動詞，不合文法。

5.6 主動與被動的常見錯誤 Active/Passive

137

😖 The soap **can use** to clean anything in your home.

😊 The soap **can be used** to clean anything in your home.

這塊肥皂可以用來清洗你家中的任何東西。

解 析 本句主詞 the soap 為「被」使用之物，故應用被動式動詞。

138

😐 She **determines to** be the manager someday, and I think she will succeed.

😊 She **is determined to** be the manager someday, and I think she will succeed.

她決心有一天要當上經理，我也認為她會成功。

解 析 「下定決心要做某事」通常用 be determined to do 表達；原句使用現在簡單式動詞 determines 不妥，因現在簡單式一般用來表達「不變」的事實。

139

🙁 The best job candidates were **select** by the hiring committee.

😊 The best job candidates were **selected** by the hiring committee.

最佳職務人選由聘僱委員會選出。

解析 Select 為動詞，不可直接置於 be 動詞 were 之後，應將其改為過去分詞，構成**被動式**。

140

😖 The report was **sending** to all the senior executives.

😊 The report was **sent** to all the senior executives.

這份報告被送給所有的資深主管。

解析 本句主詞是 the report，為一「事物」，故動詞應採「被動」，而非主動（過去進行式）。

141

😐 Our vitamin pill **comprises** of many healthy ingredients.

😊 Our vitamin pill **is comprised** of many healthy ingredients.

我們的維他命藥丸是由很多健康成分構成的。

解析 動詞 comprise 主動式的意思是「包括、包含」，如要表示「由……構成、組成」則用被動式。

142

😐 If Linda resigns, will you **promote** to her position?

😊 If Linda resigns, will you **be promoted** to her position?

如果琳達辭職，你會被升遷到她的職位嗎？

解析 Promote 為一及物動詞，原則上應接受詞，但因本句為**被動式**，「被」升遷者 you 轉為主詞。

5.7 片語動詞的常見錯誤 Phrasal Verbs

143

A: Did you put your personal data on the form?
B: Yes, I **filled in it** completely.

B: Yes, I **filled it in** completely.

A: 你把個人資料都填入表格裡了嗎？
B: 是的，我全都填好了。

解析 Fill in 是「填寫」的意思，為一雙字動詞 (two-word verb)，
若其受詞為代名詞時，必須放在 fill 與 in 之間。其他相同的
例子包括： call him up 、 look it up 、 turn it over 等。

144

I agree **to** your words.

I agree **with** your words.

我同意你的話。

解析 表「有同感」，在動詞 agree 後應用介系詞 with ； agree to
則表示贊成，例如： I agree to your proposal. 。

145

😐 We need to **pay careful attention** what the team leader says.

😊 We need to **pay careful attention to** what the team leader says.

我們要特別注意組長說的話。

解析 Pay attention to 是固定用法，介系詞 to 不可少，後面接其受詞。

筆記

CD 1 Track 7

6 形容詞的常見錯誤
Adjective Errors

146

😖 Are you the **responsible person** for overseas orders?

😊 Are you the **person responsible** for overseas orders?

你是負責海外訂單的人嗎？

解析 Responsible 直接修飾名詞時，意思是「負責任的」；responsible for 則指「為……負責」。

147

😐 **Does this** goods have a guarantee?

😊 **Do these** goods have a guarantee?

這些商品有附保證嗎？

解析 Goods 指「商品」，為複數形，動詞亦使用複數形。

148

😣 The electronic components of our products **almost** come from Singapore.

😊 **Almost all** the electronic components of our products come from Singapore.

我們產品的電子零件幾乎全都來自新加坡。

解析 Almost 的修飾對象為 all，並非動詞 come，故應置於 all 之前。（注意，不可因中譯而改變 almost 的位置。）

149

🖐 My company sells about **ten thousands** units every year.

😊 My company sells about **ten thousand** units every year.

我的公司每年銷售將近一萬個。

解析 Hundred、thousand、million 等字，若其前有明確的數字，不可加 s；但若表「數百」、「數千」等不明確數目時，則可加 s，如：hundreds of people、millions of dollars。

150

☺ Our product is **much desirable** than theirs.

☺ Our product is **much more desirable** than theirs.

我們的產品比他們的更理想。

解析 原句中有 than ，故可判斷全句應為一比較結構，因此在形容詞 desirable 前應有表示比較的副詞 more 。

151

☺ During the spring my job will become **busy and busy**.

☺ During the spring my job will become **busier and busier**.

春天時我的工作會愈來愈忙碌。

解析 表達「愈來愈……」英文用對等連接詞 and 來連接兩個比較級形容詞或副詞，如：better and better 、 faster and faster 。

152

😐 Would you like to talk with our **Customers** Service Department?

😊 Would you like to talk with our **Customer** Service Department?

你想跟我們的客服部門談嗎？

解析 Customer Service 為一**複合名詞**，一般複合名詞的第一個名詞之功能相當於形容詞，通常不加 s。

153

😐 Our parts are certainly **more cheaper** than our competitor's.

😊 Our parts are certainly **cheaper** than our competitor's.

我們的零件當然比我們的競爭對手還要便宜。

解析 Cheap 的比較級為 cheaper，不應在其前再加 more。注意，另一常見的錯誤是 more easier，同理 easy 的比較級為 easier，不須再用 more。

154

😐 It's a **twelve hours** flight to Los Angeles.

😊 It's a **twelve-hour** flight to Los Angeles.

到洛杉磯的飛航要十二個小時。

解析 Twelve-hour 的功能為形容詞,而英文的形容詞沒有複數; 注意 twelve 和 hour 之間要用連字號。

155

😐 There are still some problems **that I am not clear**.

😊 There are still some problems **that I am not clear about**.

還是有些問題我不明瞭。

解析 Clear 單獨使用時,意思是「清楚的」; clear about 則指 「對……清楚」。

156

😑 I will contribute everything I **can do** to your recycling efforts.

😊 I will contribute everything I **can** to your recycling efforts.

我會儘我所能協助你做回收工作。

解析 原句中的助動詞 do 是多餘的，如使用會顯得累贅，故應予刪除。

157

😑 We need **more** discount.

😊 We need **a larger** discount.

我們需要更多折扣。

解析 中文「更多折扣」不可直譯爲 more discount，應譯爲 a larger discount。

158

?☹ What about **your another model**?

😊 ❶ What about **your other model**?

❷ What about **your other models**?

❶ 你們另一個款式如何？

❷ 你們其餘的款式如何？

解析 人稱代名詞所有格不可與 another（或 the other）連用，但可與 other 連用，而其後可接單數或複數名詞。

159

😐 The boss seems less **happier** than he used to be.

😊 The boss seems less **happy** than he used to be.

老闆似乎比以前不快樂。

解析 Less 為 more 的反義字，本身即表「比較」，因此其後之形容詞不須再用「比較級」。

CD 1 Track 8

7 介系詞的常見錯誤
Preposition Errors

7.1 介系詞加名詞的常見錯誤 Prepositions with Nouns

7.1a 時間表達上的常見錯誤 Expressions of Time

160

Let's talk about this problem **on** May.

Let's talk about this problem **in** May.

我們五月再討論這個問題。

解析　於「年」、「月」之前的介系詞應用 in ， on 則用在「日」之前，如： on August 24 、 on Sunday 等。

161

The boss told me that **for five times**!

The boss told me that **five times**!

那件事老闆跟我說了五遍！

解析　表示次數的字詞如 once 、 twice 、 five times 等為副詞，前面不需再用介系詞 for 。

162

😐 The new rule is that we cannot work in the office **in the night** after 8:00 p.m.

😊 The new rule is that we cannot work in the office **at night** after 8:00 p.m.

新規章是我們在公司工作不能超過晚上八點。

解 析 At night 和 in the evening 為固定用法，不可混淆。

163

😐 The weekly meetings should be held **at** the mornings.

😊 The weekly meetings should be held **in** the mornings.

每星期的例會應該在早上舉行。

解 析 In the morning(s) 為固定用法，介系詞必須用 in ，但可以說 at dawn「破曉時」。

164

😐 We should have talked about this **in last** month.

😊 We should have talked about this **last** month.

我們上個月應該已經討論過這件事。

解析 Last month、last year、last week、last night 等皆為（時間）副詞，其前不可加介系詞。

165

😐 Albert has been working on that project **since** three weeks.

😊 Albert has been working on that project **for** three weeks.

亞伯特三個星期以來一直在做那件專案。

解析 如動詞是完成式，在句中的 since 後接「過去時間」（如：since yesterday），而 for 則接「一段時間」（如本句中的 for three weeks）。

166

(☹) Will you be open for business **at** New Year's Day?

(☺) Will you be open for business **on** New Year's Day?

你們新年那天會營業嗎?

解析 在「日」前的介系詞應用 on ; at 指「時刻」,如: at 8:30 、 at 12:00 。

7.1b 地點表達上的常見錯誤 Expressions of Location

167

(☹) Ellen will call the office as soon as her plane **arrives** Los Angeles.

(☺) Ellen will call the office as soon as her plane **arrives in** Los Angeles.

只要艾倫的飛機一抵達洛杉磯,她就會打電話到辦公室。

解析 Arrive 為一**不及物動詞**,其後不可直接接受詞,需先加介系詞 in 或 at ,再加受詞。

168

🙂 A: Can you tell me where the Personnel Office is?
B: It is **in** the second floor.

😊 B: It is **on** the second floor.

A: 你可以告訴我人事部的辦公室在哪嗎？
B: 在二樓。

解析 表示「在第……樓」介系詞應用 on ； in 一般用來指「在……裡」，如： in the office 、 in the building 等。

169

🙂 We have a factory **on** Mainland China.

😊 We have a factory **in** Mainland China.

我們在中國大陸有間工廠。

解析 在國家或大地區前介系詞一般用 in 。

170

🙂 Can you give me some advice about the kinds of words to put **on** this rejection letter?

😊 Can you give me some advice about the kinds of words to put **in** this rejection letter?

你可以建議我這封回絕信要放入哪些措詞嗎？

解 析 「在信中」或「在信上」英文用 in the letter 表達，不可說成 on the letter。

171

🙂 Please key in your data **at** the web site.

😊 Please key in your data **on** the web site.

請在網頁上鍵入你的資料。

解 析 猶如 write your name on the paper，本句應用...on the web site。

172

(╥﹏) This report is difficult to write. I have to put so many details **on** it.

(◠‿◠) I have to put so many details **in** it.

這份報告很難寫。我必須加上很多細節。

解 析 與 in the book 、 in the newspaper 、 in the letter 同， in the report 才正確，不可說成 on the report 。

7.1c 其他表達上的常見錯誤 Other Expressions

173

(╥﹏) Your question is too difficult **to** me.

(◠‿◠) Your question is too difficult **for** me.

你的問題對我來說很困難。

解 析 本句介系詞應選用 for ；原句使用的 to 通常來表個人之「意見或感覺」， for 則表達個人之「能力」。試比較下列兩個句子：
1. The book is boring to me. 我覺得這本書很無聊。
2. The book is too boring for me to finish.
　這本書太無聊我看不下去。

174

😐 Can you tell me the reason **of** your complaint?

😊 Can you tell me the reason **for** your complaint?

你可以告訴我你不滿的原因嗎？

解析 「……的原由、理由」應用 the reason for 表達，而非 the reason of。

7.2 介系詞加動詞的常見錯誤 Prepositions with Verbs

175

😐 What did the manager **say** you?

😊 ① What did the manager **say to** you?
　② What did the manager **tell** you?

① 經理跟你說了什麼？
② 經理告訴了你什麼？

解析 Say 不可直接用「人」當受詞，必須加介系詞 to，但 tell 可直接以「人」為受詞。

176

☺ A: Thank you very much.
B: Don't **mention about** it.

☺ B: Don't **mention** it.

A: 非常謝謝你。
B: 不用客氣。

解析 Mention 為及物動詞，其後不須加介系詞，直接跟受詞。

7.3 其他介系詞的常見錯誤 Other Kinds of Prepositions

177

☺ My company is divided **by** two main divisions: research and product testing.

☺ My company is divided **into** two main divisions: research and product testing.

我的公司分為兩大部門：研究部門和產品測試部門。

解析 Be divided by 是「被……分割」之意，不適用於本句；應改為 be divided into「分成（若干部分）」。

178

😐 This idea will work. Please don't **against** it.

😊 **1** Please don't **be against** it.
2 Please don't **fight against** it.

這個構想可行。

1 請不要反對。

2 請不要抗拒。

解析 Against 的意思雖然是「反對」，但是是**介系詞**，不是動詞，因此句中須加動詞。

筆記

CD 1 Track 9

8 聯繫詞的常見錯誤
Linking-Word Errors

179

☹ **Although** sales have declined recently, **but** we want to invest in the new project.

☺ **1** **Although** sales have declined recently, we want to invest in the new project.

2 Sales have declined recently, **but** we want to invest in the new project.

1 雖然最近業務下滑，可是我們還是想投資這項新的專案。

2 最近業務下滑，但我們還是想投資這項新的專案。

解析 Although 為從屬連接詞，but 為對等連接詞，二者不可同時使用（雖然中文可以說「雖然……，但是……」），只能擇一。

180

😕 **Since** the new product is **very** successful, **so** we want to celebrate.

😊 1 **Since** the new product is very successful, we want to celebrate.

2 The new product is **very** successful, **so** we want to celebrate.

1 因為新產品非常成功,所以我們想慶祝一番。

2 新產品非常成功,所以我們想慶祝一番。

解 析 Since(或 because)為從屬連接詞, so 為對等連接詞,二者不可同時使用(雖然中文說「因為……,所以……」),須擇一。

181

😝 **At last**, I want to talk about financing.

😊 **Last/Finally**, I want to talk about financing.

最後,我想談談財務問題。

解 析 At last 是「終於」的意思,不適用於本句,應改為 last 或 finally「最後」。

182

😕 We cannot accept your offer for two reasons. First, the price is just too high. **Besides**, the color selection is not broad enough.

😊 **Besides that**, the color selection is not broad enough.

我們不能接受你們的出價有兩個原因。首先，價錢實在太高。除此之外，顏色的選擇也不夠多。

解析 本例中由於第一句明白指出有「兩」個原因，故「除第一個原因之外」應用 besides that 表達，that 指的就是第一個原因。注意 besides 的這個用法為**介系詞**，如單獨使用 besides「而且」，則為副詞，在原句中意思不夠清楚。

筆記

9　其他類的常見錯誤
Other Kinds of Errors

183

I like your proposal. I think we **can do**.

I think we **can do it**.

我喜歡你的提案。我認為我們可以實行。

解析 Do 做為普通動詞（意思為「做」）時，為一及物動詞，其後須接受詞。

184

I **very like** your idea.

I **like** your idea **very much**.

我很喜歡你的點子。

解析 程度副詞 very 不可用來修飾動詞（一般只修飾形容詞或副詞），須改為 very much，置於句尾（正式文體中可置於動詞前）。

185

A: Why haven't the speakers been fixed yet?
B: I **explained** to you already.

B: I **explained it** to you already.

A: 為什麼麥克風還沒有修好呢？
B: 我已經跟你解釋過了。

解析 Explain 可為及物或不及物，但在此簡短對話中，因 A 明白提出一問題，而 B 表示已針對「該問題」作過解釋，故在 explain 後用**受詞** it 來指該問題，語意較清楚、完整。

186

The number we will buy depends on how expensive **is their product**.

The number we will buy depends on how expensive **their product is**.

我們會買多少得看他們的產品有多貴。

解析 Depend on 後須接受詞，其後若為一問句，須改為間接問句（即名詞子句），換言之，主詞 their product 與動詞 is 須倒裝。

187

😑 After they **will sign** the contract, let's go out for drinks.

😊 After they **sign** the contract, let's go out for drinks.

他們簽約後，我們就出去喝幾杯。

解析 在表時間的副詞子句中，要用**現在式**來代替未來式。

188

😑 The DVD players **are not enough**.

😊 ❶ **There are not enough** DVD players.
❷ **We do not have enough** DVD players.

❶ 數位影音播放機不夠。
❷ 我們沒有足夠的數位影音撥放機。

解析 本句所要表達的是現在「有」的 DVD 數量不夠，而不是 DVD 本身不夠，故不應以 DVD 為主詞，應使用存在句型（There + be）或明確表達是「誰」沒有足夠的 DVD。

189

🙁 In addition to **give** a general introduction, the program also offers practical training.

😊 In addition to **giving** a general introduction, the program also offers practical training.

除了概論之外，該課程也提供實務訓練。

解析 In addition to 中的 to 為**介系詞**，非不定詞的 to，故其後應接受詞，遇到動詞則改為動名詞。

190

🙁 Due to **Maggie forgot** the contract, we could not conclude the negotiation.

😊 Due to **Maggie's forgetting** the contract, we could not conclude the negotiation.

由於梅琪忘了帶合約，我們沒有辦法結束協商。

解析 Due to 為一**片語介系詞**，其後應接受詞，而 Maggie forgot the contract 為一完整句子，不可當受詞，應改成動名詞的結構。

191

😀 **After finish** this project, I want to move to another division.

😊 1 **After I finish** this project, I want to move to another division.

2 **After finishing** this project, I want to move to another division.

1 在我完成這個企劃案後,我想調到別的部門。

2 完成這個企劃案後,我想調到別的部門。

解 析 After 可作連接詞或介系詞用,故其後不是**子句**,就應是**受詞**。

192

😆 I left the advertising agency **for two years**.

😊 I left the advertising agency **two years ago**.

我兩年前就離開廣告公司了。

解 析 本句動詞為過去式,但時間卻是 for two years(表示到現在已經兩年)不合理,應改為 two years ago。

193

😐 This policy is too general and **no focus**.

😊 This policy is too general and **has no focus**.

這項政策太籠統沒有重點。

| 解 析 | And 為對等連接詞，必須連接前後對等之文法結構； general 為形容詞而 focus 為名詞，不對等，因此將 no focus 改為與 is too general 對等之動詞片語結構 has no focus 。

194

😐 The boss **is easy to become angry**.

😊 **1** The boss **becomes angry easily**.

2 The boss **easily becomes angry**.

1 2 老闆很容易就生氣。

| 解 析 | 英文的 easy 若作「容易」解時，不可直接用來修飾「人」，須注意。本句可將 easy 改成副詞 easily ，用來修飾 become 。

195 😔 **I am** difficult to fall asleep.

😊 **It's** difficult for me to fall asleep.

我很難入睡。

解 析 英文的 difficult（與 easy 同）若作「困難」解時，不可直接修飾「人」，只能修飾「事」。本句可使用**假主詞**句型，用 it 代替真主詞 to fall asleep 這件事。

196 😔 I receive the Italian orders **one week two times**.

😊 **1** I receive the Italian orders **two times a week**.

2 I receive the Italian orders **twice a week**.

1 2 我一個星期收到兩次義大利的訂單。

解 析 「一星期兩次」應該說 two times/twice a week，英文沒有 one week two times 的說法。

197

:(**Even** they accept our offer now, I think they will use a new supplier next time.

:) **Even if** they accept our offer now, I think they will use a new supplier next time.

即使他們現在接受我們的報價，我認為他們下次還是會找新的供應商。

解析 Even 和 even if 皆有「即使」的意思，但前者為**副詞**，後者為**連接詞**；因本句的「即使」之後為一子句，故應選用 even if。

198

?:(If I **had** the money then, I would buy the house.

:) If I **had had** the money then, I would have bought the house.

假如當時我有錢，就把房子買下了。

解析 本句表達的是**與過去事實相反**的假設，if 子句須用**過去完成式**，主要句子在 would 之後則接**現在完成式**。

199

☺ **Welcome you** to our corporate headquarters!

☺ **1** **We welcome you** to our corporate headquarters!

2 **Welcome** to our corporate headquarters!

1 我們非常歡迎你來我們的總公司。

2 歡迎（你）來我們的總公司。

解析 Welcome 可為動詞，亦可作形容詞；若其後為受詞則為動詞用法，若無則為形容詞用法。 Welcome you... 為**命令句**，不合理，應加主詞 we；或將 welcome 做形容詞，把 you 去掉。

200

☹ **Your meaning** he is wrong?

☺ **You mean** he is wrong?

你的意思是他是錯的囉？

解析 中文的「你的意思是……」英文應用 You mean...，即用主詞＋動詞的結構表達，不可直譯為 your meaning。

201

☹ Our company **started to produce** IC chips **since** 1995.

☺ 1 Our company **has been producing** IC chips **since** 1995.

2 Our company **started producing** IC chips **in** 1995.

1 我們公司自一九九五年以來一直在製造晶片。

2 我們公司在一九九五年開始製造晶片。

解析 原句中有 since 1995「自一九九五年至今」，故不應使用過去式，而應用**現在完成進行式**；若要使用過去式，則應將時間改為 in 1995 。

202

🙂 Thanks for **your calling**.

☺ Thanks for **calling/your call**.

謝謝你的來電。

解析 For 為介系詞，其後可接名詞或動名詞；若為動名詞則不須在其前使用所有格。

203

🙁 **Run** a meeting is not easy.

😊 **Running/To run** a meeting is not easy.

主持一個會議不容易。

解析 Run 為動詞,不可當主詞,應改為動名詞 running 或不定詞 to run 的形式。

204

🙁 What **is different** these two versions?

😊 What **is the difference between** these two versions?

這兩個版本有什麼不同?

解析 要「比較兩者之間的不同」,英文用 the difference between...,本句中明白指出是「這兩個版本之間」的不同,故 difference 前應用定冠詞。

205

☺ I see **you mean**.

☺ **1** I see **your meaning**.
2 I see **what you mean**.

1 2 我懂你的意思。

解析 See 在本句中作及物動詞用，其後應接受詞，而 you mean 為主詞＋動詞的句子結構，不可當受詞，可改為名詞結構 (your meaning) 或名詞子句 (what you mean)。

206

☺ He is good but seems to **lack of** confidence.

☺ He is good but seems to **lack** confidence.

他很不錯，但似乎缺乏自信。

解析 Lack 做動詞用時，一般為及物，其後直接用受詞，不須加介系詞 of。（注意，lack 作名詞用時則須 of，如：a lack of confidence。）

207

🤚 If we **offer** a five percent discount, they **would** accept the offer.

😊 **1** If we **offer** a five percent discount, they **will** accept the offer.

2 If we **offered** a five percent discount, they **would** accept the offer.

1 如果我們提供百分之五的折扣，他們將會接受報價。

2 如果我們提供百分之五的折扣，他們就會接受報價。

解析 若 if 子句之動詞為現在式，主要子句之動詞前用助動詞 will；若 if 子句為過去式，主要子句則用 would。前者表達「可能」的情況，後者表「假設」（與現在事實相反）的情況。

筆記

2
....
Chapter

字義與用法的常見錯誤
Word Meaning & Usage Errors

　　本單元列舉了一般口頭及書面溝通時字義與用法上常出現的錯誤。本單元之所以列舉這些錯誤作為教材是因為它們包含了：
- 在正式溝通中較常見的詞彙
- 在正式溝通中較常出現的主題

　　This unit contains word meaning and usage errors that are common in both oral and written communication. The errors in this unit were chosen because they contain:
- words common in formal communication
- topics more common in formal communication

CD 1 Track 11

1 添加贅字的常見錯誤
Adding Unnecessary Words

1

😝 The **last time when** we attended the trade show, we took a lot of orders.

😊 The **last time** we attended the trade show, we took a lot of orders.

我們上次參加貿易展接到很多訂單。

解析 原句中的**關係副詞** when 表「時間」，而它的先行詞本來就是時間 (time)，故常將 when 省略。類似常見的另一個例子是 the reason (why)...。

2

😝 Did the boss **mention about** the invoices?

😊 Did the boss **mention** the invoices?

老闆有提到發票的事嗎？

解析 Mention 為一及物動詞，其後直接跟受詞，不須加介系詞。

3

😖 This book **is talking/talks** about the ten principles of business success.

😊 This book **is** about the ten principles of business success.

這本書是關於企業成功的十項準則。

解析 本句主詞為 this book ，是無生命的「事物」，故不應用帶「動作」的動詞 talk ，應選用不帶動作的連綴動詞 be 。

4

🤚 Please **consider about** our offer.

😊 Please **consider** our offer.

請考慮我們的報價。

解析 本句中 consider 為一及物動詞，其後直接跟受詞，不須使用介系詞 about 。（注意，不可將 consider 與 think about 混淆。）

5

A: I'm gonna get a cup of coffee before going to the conference room.
B: I'll go find the room **at first** and then go to the restroom quickly.

B: I'll go find the room **first** and then go to the restroom quickly.

A: 我去會議室之前要先弄杯咖啡喝。
B: 我會先找到會議室然後趕快去上個洗手間。

解析 At first 是「最初、開始時」的意思,與句意不符,應用副詞 first,表示「首先」。

6

We are **a company about international trade**.

We are **an international trade company**.

我們是國際貿易公司。

解析 原句雖合文法,但非英文正確之表達方式,句子冗長且句意不清,應改成第二句。

7

😐 I want to **stress on** the importance of on-time delivery.

😊 I want to **stress** the importance of on-time delivery.

我想要強調準時運送的重要性。

解析 Stress 為一及物動詞，其後不須加介系詞 on ，但若做名詞用則加 on (to put/place/lay stress on something)。

8

😐 When you give your presentation, please **emphasize on** the need for motivation.

😊 When you give your presentation, please **emphasize** the need for motivation.

當你做簡報時，請強調動機的必要性。

解析 Emphasize 為及物動詞，其後不須介系詞 on ，但其名詞 emphasis 之後則需介系詞 (to put/place/lay emphasis on something)。

9 I went to Hong Kong **for three times** last year to visit our regional office.

I went to Hong Kong **three times** last year to visit our regional office.

我去年去香港三次視察我們在那個區域的公司。

解析 Three times 本身即可做副詞用（修飾 went），不須加介系詞 for。

10 He sent me a memo, but I forgot to **answer to** what he wrote.

He sent me a memo, but I forgot to **answer** what he wrote.

他寄給我一個備忘錄，但我忘記回覆他所寫的。

解析 Answer 是一及物動詞，其後直接接受詞，不須用介系詞 to，但若做名詞，其後則可接 to（如：I haven't received any answer to my letter yet.）。

11 😐 The memo **concerns about** the recent absentee problem.

😊 **1** The memo **concerns** the recent absentee problem.

2 The memo **is about** the recent absentee problem.

1 2 備忘錄是有關最近缺席者的問題。

解 析 Concern「與……有關」為一及物動詞，其後不須介系詞 about（勿與片語 be concerned about 混淆）；本句亦可用 be 動詞後接介系詞 about 表達「關於」。

12 😐 The cost is 300 NT **per each**.

😊 The cost is 300 NT **each**.

價格是每一個台幣 300 元。

解 析 Per 本身就有 each 的意思（它的原意是 for each），因此不應同時使用，避免重複。

13

🙁 Alexander always **requests for** extra work when he is not busy.

😊 Alexander always **requests** extra work when he is not busy.

亞歷山大不忙時都會要求額外的工作。

解 析 Request 是一及物動詞，其後不須跟介系詞 for ，但是若做名詞用其後則須接介系詞 (make a request for)。

14

🙁 I have to **find out** some information on the capacity of our Internet connection.

😊 I have to **find** some information on the capacity of our Internet connection.

我得找些我們網路連線容量的資料。

解 析 片語 find out 是「發現」之意，而動詞 find 則指「找」；依句意應採用後者。

15

😖 We will **contact with** you as soon as we receive your order.

😊 We will **contact** you as soon as we receive your order.

我們一接到您的訂單就會儘快與您聯絡。

解析 Contact 為及物動詞，其後直接跟受詞，但若做名詞時則須用介系詞，如： We have lost contact with John.。

16

😖 We would like to **discuss about** your business proposal.

😊 We would like to **discuss** your business proposal.

我們想討論你的交易提案。

解析 Discuss 為一及物動詞，其後直接跟受詞，不須使用介系詞 about 。（注意，不可將 discuss 與 talk about 混淆。）

17

🙁 My company **is always** well-known for its top quality tools.

😊 **1** My company **is** well-known for its top-quality tools.

2 My company **has always been** well-known for its top-quality tools.

1 我公司以高品質的器具出名。

2 我公司一直都是以高品質的器具而出名。

解 析 Always 是一**頻率副詞**，一般用來修飾動詞（如： He always comes late.），如用來修飾形容詞，依然有表「頻率」的功能（如： He is always late.）本句的形容詞 well-known 不適合用 always 修飾，應予刪除，或將 be 動詞改成**現在完成式**，表示「一直都是」亦可。

筆記

CD 1 　Track 12

2 遺漏關鍵字的常見錯誤
Omitting Necessary Words

18

🤕 **Most of** factory workers think they are treated well.

😊 **1 Most of the** factory workers think they are treated well.

2 Most of our factory workers think they are treated well.

1 大部分的工廠員工認為他們受到好的待遇。

2 我們大部分的工廠員工認為他們受到好的待遇。

解析 當 most 作為**代名詞**時，其後常跟介系詞 of，但在 of 之後的名詞之「指稱」一定要「特定」，即在名詞前需要「特定指稱」的**限定詞**，如 the、my、these、those 等。（注意，同樣的情況也會出現在 many、some、any 等字之後。）

19

🙂 How long will we be **working** the new project?

😊 How long will we be **working on** the new project?

我們將會花多久時間來做新的專案？

解析 Work 一般多當不及物動詞用，而 to work on something 指「致力於某事」，屬常用的動詞片語。

20

🙂 The staff always **complains** the long working hours.

😊 The staff always **complains about** the long working hours.

職員常抱怨工作時間太長。

解析 Complain 作**不及物動詞**時，要先加介系詞 about 再接受詞；作**及物動詞**時，其受詞應為「that 子句」。

21

? A: Do you know the people you will be negotiating with?
B: Nope. I'd better **find out** those people.

B: Nope. I'd better **find out about** those people.

A: 你了解將要和你協商的那些人嗎？
B: 不了解，我最好把那些人的底細弄清楚。

解析 Find out 是「發現」的意思，此處不適用，其後應加上介系詞 about，指「弄清楚（這些人的底細）」。

22

Did you **prepare** the negotiation yet?

Did you **prepare for** the negotiation yet?

你有沒有為協商作好準備？

解析 Prepare 作**及物動詞**時，意思是「準備」；作**不及物動詞**（其後接介系詞 for）時，則指「為……作準備」。本句指「為協商作準備」，故需加介系詞 for。

23

☹ Let me **comment** your suggestion.

☺ Let me **comment on** your suggestion.

讓我對你的提議做評論。

解析 Comment 為不及物動詞，其後不可直接跟受詞，應先加介系詞 on 或 upon 。

24

☹ I **insist** the cooperation of everyone on the team.

☺ I **insist on** the cooperation of everyone on the team.

我堅持團隊中每個人都必須互助合作。

解析 Insist 作**不及物動詞**時，其後接介系詞 on 或 upon ，再接受詞（名詞或動名詞）；作**及物動詞**時，其後需接「that 子句」。

25

😐 I will consult with my boss when I **back** to Taiwan.

😊 I will consult with my boss when I **go back** to Taiwan.

我回台灣時會跟我的老闆商量。

解析 由 when 引導的是一（副詞）子句，故需有動詞，而 back 是副詞，因此得加上動詞 go。

26

😐 A: Where is the boss?
B: He has **out**. He will be back soon.

😊 B: He has **gone out**.

A: 老闆在哪裡？
B: 他出去了，很快就會回來。

解析 Out 是副詞，has out 無意義，「出去」應當說成 go out，而本句為**現在完成式**，故改成 has gone out。

27

 Have you read **all of** instructions for the new projector?

😊 Have you read **all of the** instructions for the new projector?

新投影機所有的使用說明你都看過了嗎？

解析 若 all 後跟介系詞 of ，則其後的名詞之指稱必須為「特定」，如加**定冠詞**、**所有格**、**指示詞**等。

28

 Do you **agree** me?

😊 Do you **agree with** me?

你贊同我嗎？

解析 動詞 agree 之後可接介系詞、不定詞或 that 子句，但不可直接跟受詞。

29

😐 We are eagerly **waiting** your response to our offer.

😊 We are eagerly **waiting for** your response to our offer.

我們殷切期待你對我們報價的回應。

解析 動詞 wait 一般當不及物用，其後應接介系詞；wait for 即「等待」之意。

30

😐 Tom always **objects** Helen's ideas.

😊 Tom always **objects to** Helen's ideas.

湯姆總是反對海倫的意見。

解析 「對……表示異議」在 object 後須先接介系詞 to 再接受詞，此時 object 為不及物動詞；若 object 作及物動詞，其受詞則必須是「that 子句」。

31

😐 We need everyone to **participate** the trade show.

😊 We need everyone to **participate in** the trade show.

我們需要每個人都參加貿易展。

解析 Participate 為不及物動詞，其後通常跟介系詞 in，表「參加、參與」之意。

32

😐 Will you **apply** a new job?

😊 Will you **apply for** a new job?

你會找新工作嗎？

解析 Apply 指「應徵；申請」時為**不及物動詞**，其後常跟介系詞 for；但若 apply 作「應用」解時，則為**及物動詞**，其後直接接受詞。

33

?😖 A: I can't find my favorite cologne, Jovan Musk, at any of the department stores.
B: You're wrong. Sogo has Jovan Musk **on sale**.

😊 B: You're wrong. Sogo has Jovan Musk **for sale**.

A: 我在每家百貨公司都找不到我最喜歡的 Jovan Musk 古龍水。
B: 你錯了。崇光百貨就有賣 Jovan Musk 。

解析 On sale 指「減價出售」，一般的販售應用 for sale 。

34

☝️ I have to **search** the solution.

😊 I have to **search for** the solution.

我必須尋求解決方案。

解析 Search 作及物動詞時，指「搜查」，而 search for 則指「尋找、探求」。

35

☹ The chemical company wants to **enter** an agreement with us.

☺ The chemical company wants to **enter into** an agreement with us.

這家化學公司想和我們簽署協議。

解析 動詞 enter 是「進入」的意思，而片語 enter into 則指「著手處理（某事）」。

筆記

CD 2 Track 1

3 字詞誤用的常見錯誤
Using the Wrong Word

36

🙁 Don't **focus in** this problem so much.

😊 Don't **focus on** this problem so much.

不用太專注於這個問題。

| 解　析 | Focus（與 concentrate 相同）後應用介系詞 on，而不是 in。

37

🙁 Their service is inferior **than** ours.

😊 Their service is inferior **to** ours.

他們的服務比我們的差。

| 解　析 | Inferior 是「劣的、差的」的意思，不是「比較級」，故其後不跟 than，而必須跟介系詞 to。

38

😐 The containers are made **by** stainless steel.

😊 The containers are made **of** stainless steel.

這些容器是不銹鋼製造的。

解析 「用……製造的」是 be made of... ，而非 be made by...。

39

😐 The Coca-Cola **mark** is the most well-known.

😊 The Coca-Cola **trademark** is the most well-known.

可口可樂的商標非常有名。

解析 「商標」叫 trademark ， mark 只指某種「標記」，不符句意。

40

😐 **What time** will the exhibition be held next year?

😊 **When** will the exhibition be held next year?

明年的展覽什麼時候會舉辦？

解析 What time 問的是「時刻」即「幾點鐘」，依句意本句問的應是 when「什麼時候」；但 when 有時可取代 what time，即 when 也可用來問「時刻」。

41

😐 A: These diamond rings are beautiful.
B: **Pick up** any one that you like.

😊 B: **Pick out** any one that you like.

A: 這些鑽石戒指很漂亮。
B: 挑任何一個你喜歡的。

解析 Pick up 是「撿起、拾起」的意思，本句中應用 pick out，指「挑選」。

42

😐 I **learned** some interesting **subjects** during the seminar.

😊 **1** I **learned** some interesting **things** during the seminar.

2 I **studied** some interesting **subjects** during the seminar.

1 我在研討會學了些有趣的事。

2 我在研討會研習了一些有趣的科目。

解析 Learn「學習」的受詞應該是 things「事物」，而 study「研習」的對象則爲 subject「科目」。

43

😐 Can you **down** the price?

😊 Can you **lower/reduce/cut** the price?

你可以減價嗎？

解析 本句的第一個字爲助動詞，故句中須有一**主動詞**，而 down 並非動詞而是副詞，故應將其改爲 lower、reduce 或 cut。

44

🙁 The newly designed watch has basically the same appearance **with** the old model.

😊 The newly designed watch has basically the same appearance **as** the old model.

這隻新設計的錶基本上和舊款有同樣的外觀。

解析 在 same 後一定要用 as，不可用其他介系詞。另，注意 same 之前一定要用定冠詞 the，絕不可用不定冠詞 a。

45

🙁 My colleague spent **all the** flight telling me about his children.

😊 My colleague spent **the whole** flight telling me about his children.

我同事花了整個飛行時間跟我談他的小孩。

解析 「整個飛行時間」應用 the whole flight 表達； all the flight 不符合英文使用習慣。

46

😣 Their new stationery product line is coming out next month. I look forward to **see** it.

😊 I look forward to **seeing** it.

他們新款文具產品下個月就要問世了。我非常期待看到它。

解析 動詞片語 look forward to 中的 to 是**介系詞**的 to，而非不定詞的 to，因此其後應接名詞，若遇動詞則改為動名詞，不可用原形動詞。

47

😖 If we lose this client, the boss will be very **unsatisfactory**.

😊 If we lose this client, the boss will be very **dissatisfied**.

如果我們失去這個客戶，老闆會非常不高興。

解析 Unsatisfactory 是「令人不滿意的」的意思，應將其改為 dissatisfied「對……不滿意、不高興」。

48

😐 You will enjoy **living** in this hotel.

😊 You will enjoy **staying** in this hotel.

你會非常喜歡住在這間旅館。

解析 「短暫的居住」英文要用 stay，不可用 live ; live 指「長期的居住」。

49

😐 (Two people are in the office at the end of the day.)
A: I will **go** first!
B: Okay. See you tomorrow.

😊 A: I'm **leaving** now.

（一天結束時，兩個人在辦公室裡。）
A: 我先走囉！
B: 好，明天見。

解析 Go 原則上為「去」之意，本句表達的則為「離去」之意，故應使用 leave 。

50

I am afraid I have to **cancel** the presentation until tomorrow.

I am afraid I have to **postpone** the presentation until tomorrow.

我恐怕得把簡報延至明天。

解 析 Cancel 是「取消」的意思，依句意應改用 postpone「延期」。

51

If you think our offer is unreasonable, please **show out** your feelings.

If you think our offer is unreasonable, please **express** your feelings.

如果你認為我們的報價不合理，請表達你的意見。

解 析 英文中沒有 show out 的說法，如要表示「表達」，應用動詞 express。

52

😆 Don't wait. Order now. Pick up the phone **quickly**!

😊 Pick up the phone **right away**!

別等了，現在就訂。馬上拿起電話！

解析 Quickly 意思是「很快地、迅速地」，不符句意，應改用 right away「立刻、馬上」。

53

😣 If the machine breaks down within a year, we will fix it free of **cost**.

😊 If the machine breaks down within a year, we will fix it free of **charge**.

如果機器在一年內故障，我們會免費修理。

解析 Cost 指「購物時的花費」，而 charge 則指「被索取或支付的費用」。

54

?😟 If you want **something** special price, we can talk about it.

😊 **1** If you want **a** special price, we can talk about it.

2 If you want **something at a** special price, we can talk about it.

1 如果你想要特惠價，我們可以談談。

2 如果你想要某物的特惠價，我們可以談談。

| 解 析 | Special price 的結構是**形容詞＋名詞**，構成一名詞片語，不可反過來修飾 something（但 something special 成立），可改成 a special price 或 something at a special price。

55

😆 You can call us **during** 8 a.m. to 5 p.m.

😊 You can call us **from** 8 a.m. to 5 p.m.

你可以在早上八點到下午五點之間打電話給我們。

| 解 析 | 表達「從……到……」應用 from... to... 表達； during 指「在……期間」，如 during the day。

56

😝 The advertising poster is finished. I am so **desired** to see it.

😊 I am so **eager** to see it.

廣告海報完成了。我好想看到它。

解析 Desired 作形容詞時，意思是「如所願的」或「想得到的」，如： the desired effect「預期的效果」；表示「急切想做……」應該使用 eager。

57

😐 A: I don't think I'll go to the meeting tomorrow.
B: Then I don't think I'll go, **too**.

😊 B: Then I don't think I'll go, **either**.

A: 我想我明天不會去開會。
B: 那我想我也不會去。

解析 表示**否定**的「也」，應該用 either ； too 只能表**肯定**的「也」，如： A: I think I'll go.
     B: I think I'll go, too.

58

😐 Don't worry. They are a **trustable** company.

😊 They are a **trustworthy** company.

別擔心。他們是值得信賴的公司。

解析 Trustable 較 trustworthy 不正式,雖有人用,但有些字典卻未納入,為了避免不必要的爭議以選用 trustworthy 為佳。

59

😕 This product design is beautiful. People will like the new **outlook**.

😊 People will like the new **appearance**.

這個產品設計真好看。人們會喜歡這個新外觀的。

解析 雖然是由 out 和 look 組合起來的字,但 outlook 的意思是「展望」,而非「外觀」;「外觀」正確的說法是 appearance。

60

🙁 If any package arrives late again, please check into the **shipment** problem.

😊 If any package arrives late again, please check into the **shipping** problem.

如果任何一個包裹又遲來，請檢查是否運貨出了問題。

解析 Shipment 一般指「裝載的貨物」，不適合用來修飾 problem，應改用 shipping。

61

🙁 Everybody has a different opinion about the new manager. What's your **point**?

😊 What's your **point of view**?

每個人對新經理都有不同的意見。你有什麼看法？

解析 Point 指「重點」；「觀點、看法」應該用 point of view 表達。

62

😐 Do you want to listen to some music **in** the way to the meeting?

😊 Do you want to listen to some music **on** the way to the meeting?

你去開會的路上想聽些音樂嗎？

解 析 「在到……的路上」是 on the way to...，不是 in the way to...；片語 in the way 是「阻礙」的意思。

63

😐 Are you concerned **with** the upcoming product trials?

😊 Are you concerned **about** the upcoming product trials?

你在擔心即將來臨的產品測試嗎？

解 析 Be concerned with 是「與……有關」的意思，而 be concerned about 則是「擔心……」，不可混淆。

64

🙁 I **hope** I **could** figure out a new marketing strategy.

😊 ❶ I **wish** I **could** figure out a new marketing strategy.

❷ I **hope** I **can** figure out a new marketing strategy.

❶ 但願我可以想出一個新行銷策略。

❷ 我希望我可以想出一個新行銷策略。

解析 Wish 和 hope 不同，前者通常表示「不可能實現或難以實現的願望」，hope 則表示「一般的希望、期望」，因此 wish 後的子句中動詞用「假設」語氣，而 hope 之後則否。

65

😐 Sorry I **came** late. The traffic is terrible today.

😊 Sorry I **am** late.

對不起我遲到了。今天交通堵塞。

解析 Came 為 come 的過去式，讓人覺得是在說過去（比如，昨天）發生的事；一般講「遲到」，用 be 動詞即可。

66

😀 My first point **is relating to** the environment cleanup effort.

😊 My first point **is related to** the environmental cleanup effort.

我第一個重點和整頓環境的努力有關。

解析 「與……有關」應用 be related to 表達，be relating to 形成進行式「正在與……有關」，不合理。

67

😀 **A fire happened** in the warehouse last night.

😊 **There was a fire** in the warehouse last night.

昨晚倉庫發生了一場火災。

解析 There + be 是「有」的意思（there 視為虛主詞），為固定用法；happen 為一普通動詞，不以 there 為主詞。

68

🙁 **As** I know, the budget does not include travel expenses.

😊 **As far as** I know, the budget does not include travel expenses.

就我所知，預算不包含旅遊費用。

解析 As I know 文法上雖不算錯，但在句中並無特別意義（如改為 As you know，則有提醒對方的功能），應改成 As far as I know。

69

😀 You can open the cover **by** a screwdriver.

😊 You can open the cover **with** a screwdriver.

你可以用螺絲起子打開蓋子。

解析 介系詞 by 表「方法、手段」，with 則指「使用（工具）」；原句亦可改為 You can open the cover by using a screwdriver.。

70

If there is a problem with the computer system, **how** should I do?

If there is a problem with the computer system, **what** should I do?

如果電腦系統有問題,我該怎麼辦?

解析 「我該怎麼辦?」應該說 What should I do?; how 為一疑問副詞,指的是「如何(做一件事)」,如:How should I do it?。

71

The answer **of** the question is on page 10.

The answer **to** the question is on page 10.

問題的答案在第十頁。

解析 一般而言,一個問題的答案不「屬於」問題本身,故介系詞不可使用 of,應用 to,因為答案是要用來「去」回答問題的。同理 the solution of the problem 亦為錯誤,應改為 the solution to the problem。

72

😝 Your product is quite nice. We are very **interesting**.

😊 We are very **interested**.

你們的產品相當良好。我們非常感興趣。

解析 Interesting 是「有趣的」的意思，而 interested 才是指「感興趣的」。

73

😐 You are **mistaking** if you think the raw materials are low quality.

😊 You are **mistaken** if you think the raw materials are low quality.

如果你認為原料品質差的話，那你就錯了。

解析 「弄錯了」英文要用 be mistaken 表示； mistaken 原是過去分詞，轉用成形容詞，意思是「弄錯的」。

74 **How** do you think about our offer?

What do you think about our offer?

你覺得我們的報價如何？

解　析　How 為疑問副詞，應用來修飾動詞；本句並非問「如何想」，故不能使用 how 。 What do you think? 就是「你意下如何？」、「你覺得怎樣？」的意思。

75 **According to** my opinion, the lease agreement is too strict.

In my opinion, the lease agreement is too strict.

依我看來，這份租約太嚴格了。

解　析　According to「根據」的對象通常是別人（說的話）或其他資訊，不可指自己或自己的意見。（According to me 亦為常犯的錯誤，應注意。）

76

🙁 He should pay more attention **on** his work.

😊 He should pay more attention **to** his work.

他應該更專注於他的工作。

解析 Pay attention to 的 to 表專注的對象，為固定的介系詞，不可任意更改。

77

🙁 A cargo ship will **carry** your goods to Los Angeles.

😊 **1** A cargo ship will **take** your goods to Los Angeles.

2 A cargo ship will **transport** your goods to Los Angeles.

1 貨船會把你們的商品送到洛杉磯。

2 貨船會把你們的商品運送到洛杉磯。

解析 Carry 指「搬運」、「攜帶」，有時也當「乘載」用，但不適合本句，應改為 take 或 transport 。

78

😖 May I **have** a question?

😊 May I **ask** a question?

我可以問問題嗎？

解析 Have a question 是「有問題」的意思；「提出問題」應用 ask a question。

79

😟 My company was **built** in 1995.

😊 1 My company was **established** in 1995

2 My company was **founded** in 1995.

1 我的公司在一九九五年創立。

2 我的公司在一九九五年建立。

解析 Build 通常指「建造」，本句的主詞為「公司」，並非「建築物」，因此「成立」公司的動詞應用 establish 或 found。

80

😐 I cannot **realize** what the operating instructions say.

😊 I cannot **understand** what the operating instructions say.

我不懂操作指令上所說的。

解析 Realize 是「認清、領悟」的意思，強調「本來可以了解但未能了解」，如：I didn't realize how serious it was.；本句用 understand 即可。

81

😐 My house is **nearby** the office.

😊 My house is **near** the office.

我家在公司附近。

解析 Nearby 為形容詞，是「附近的」之意，如：a nearby city；near 則可作介系詞用，表示「在……附近」。

82

😐 Our educational videos will increase your sales **effect**.

😊 Our educational videos will increase your sales **effectiveness**.

我們的教學錄影帶會有效提高你們的銷售力。

解 析　Effect 指的是因做某事而產生的「結果、效果」，例如：The TV commercial didn't have much effect on sales. （那支電視廣告對銷售量並沒有起多大作用。）Effectiveness 則指某個方法之「有效、有力」，如本句中之 increase your sales effectiveness 。

83

😐 Please **rise** the screen so I can see it.

😊 Please **raise** the screen so I can see it.

請把螢幕抬高這樣我才看得到。

解 析　Rise 為**不及物動詞**，意思是「上升」， raise 才是**及物動詞**，意思是「舉起、提高」。

84

😑 We expect work performance to **raise**.

😊 We expect work performance to **rise**.

我們期望工作表現提昇。

解析 Raise 為**及物動詞**，其後須有受詞；「工作表現提昇」並不需要受詞，故選用不及物動詞 rise。

85

😑 When did you **know** the new manager is Tom?

😊 When did you **find out** the new manager is Tom?

你何時發現新經理是湯姆？

解析 Know 指「知道、認識」的「狀態」，如：I know Dr. Johnson very well.；而本句問的是「發現」這個「動作」所發生的時間，故不用 know，而用 find out。

86

😐 The conference center is **eastsouth** of the city.

😊 The conference center is **southeast** of the city.

會議中心在城市的東南方。

解 析 「東南」乃中文之說法，英文應倒過來說： southeast ，直譯即為「南東」；同理「西北」則為 northwest 。

87

😐 You can find the answer on the **left lower** corner of the page.

😊 You can find the answer on the **lower left** corner of the page.

你可以在頁面的左下角找到答案。

解 析 「左下角」為中文的說法，英文的表達方式為 lower left corner（直譯即為「下左角」）；同理「右上角」應說成 upper right corner 。

88

😖 I can go to your office this afternoon, if **you are** convenient.

😊 I can go to your office this afternoon, if **it is** convenient.

如果（你）方便的話，我今天下午可以去你的辦公室。

解析 「如果你方便」是中文的說法，英文 convenient 不可用來修飾「人」，只可指「狀況」。

89

😖 China has 1.2 billion **populations**.

😊 China has 1.2 billion **people**.

中國有十二億人口。

解析 Population 指「人口（總數）」，不應加 s，而 people 本身即有複數之意（二人以上才用 people）。

90

If we don't prepare for the negotiation, they will **win** us.

1 If we don't prepare for the negotiation, they will **beat** us.

2 If we don't prepare for the negotiation, they will **defeat** us.

1 如果我們沒有為協商做好準備，他們就會擊敗我們。

2 如果我們沒有為協商做好準備，他們就會打敗我們。

解析 Win 可為不及物動詞，亦可作及物動詞，但作及物動詞用時，其受詞不可為「人」，只可為「事物」，如：win a war、win a game、win a prize 等。要表「勝過（對方）」應用 beat 或 defeat。

筆記

CD 2 Track 2

4 選字正確但用法錯誤
Using the Correct Word in an Incorrect Way

91

😐 It's a long way. We can take **turn** driving.

😊 We can take **turns** driving.

路途很遠，我們可以輪流開車。

解析 Take turns 是「輪流」的意思，注意 turn 須用複數形。

92

😐 I am sorry. We've **selled out**.

😊 We've **sold out**.

對不起，我們已經賣完了。

解析 Sell 是不規則動詞，其三態為：sell、sold、sold。另，sell out 是「賣完」的意思。

93

😆 Our portable stereo **is including** batteries.

😊 Our portable stereo **includes** batteries.

我們的手提音響包含電池。

解 析 Include 並非動態動詞，不可使用進行式，應改為簡單式。

94

❓😟 Do you remember **to cancel** the order yesterday?

😊 **1 Do** you remember **canceling** the order yesterday?

2 Did you remember **to cancel** the order yesterday?

1 你記得昨天取消的訂單嗎？

2 你昨天沒忘了取消訂單吧？

解 析 Remember 後若為 to V，其意思是「記得要去做（某事）」；其後若為 Ving，則指「記得做了（某事）」。

95

A: I am so worried about my progress report.
B: You always get a good score. Don't **concern about** it.

B: Don't **be concerned about** it.

A: 我很擔心我的進度報告。
B: 你總是得到很好的成績。不用擔心。

解析 動詞 concern 是「與……有關」、「使（人）擔心」的意思；動詞片語 be concerned about 則指「(為某事)擔心」。

96

The VCR is broken. Yesterday it **got stucked** when I tried to play the video.

Yesterday it **got stuck** when I tried to play the video.

這台錄影機壞了。昨天我試著要放錄影帶時卡住了。

解析 Stuck 為動詞 stick 的過去式和過去分詞，不須再加 ed。另，「卡住了」可用 be stuck 或 get stuck 表達。

97

😐 He recommended that we **placed** a smaller order at first.

😊 He recommended that we **place** a smaller order at first.

他建議我們先下小量訂單。

解 析 Recommend 的受詞為 that 子句時，該子句中的動詞必須使用**原形動詞**。（英式英語則在動詞前加 should 。）

98

😠 This is a fun seminar. I want to **acquaint** everyone here.

😊 I want to **get acquainted with** everyone here.

這是個有趣的研討會。我想要認識這裡的每個人。

解 析 Acquaint 用主動式時意思是「使某人了解」，如： He acquainted them with the facts.（他把事實告訴了他們。）。表示「與……相識」應用 be acquainted with ；表示「去認識……」用 get acquainted with 。

99

😐 You have asked us some **recently** questions regarding our product catalog.

😊 **Recently**, you have asked us some questions regarding our product catalog.

最近你問了我們一些有關我們產品目錄的問題。

解析 Recently 是一時間副詞，不可用來修飾名詞。注意， recently 通常與**現在完成式**連用。

100

😐 One of our **staffs** is always late.

😊 One of our **staff** is always late.

我們其中一個職員總是遲到。

解析 Staff 是一個集合詞，指的是「全體職員」，不應該加 s 。

101

(☝) I **cannot** hardly wait to meet them.

(☺) I **can** hardly wait to meet them.

我迫不及待想與他們見面。

解析 Hardly 是「幾乎不」，它本身就包含「否定」的意思，因此不可再加否定詞 not 。

筆記

TWO

日常對話中的常見錯誤
Errors in Conversation

本部分列舉的是對話中常出現的錯誤。閒聊向來都是英語洽談生意的一部份——例如，與某人初次見面時能愉快地聊天，或是在會議或協商中場休息時間聊上幾句。所以，不要犯那些錯誤是非常重要的。

This section contains errors that are common in conversation. Engaging in general conversation is always a part of doing business in English—having a pleasant conversation when first meeting someone, having a conversation during a break in a meeting or negotiation, etc. So, it is important not to make these errors.

3
....
Chapter

結構錯誤
Structure Errors

　　本單元列舉了一般對話中常出現的結構錯誤。本單元之所以列舉這些錯誤作為教材是因為：
- 使用的字彙在非正式的對話場合中較常見
- 使用的文法結構在非正式的對話場合中較常見
- 對話的主題在非正式的對話場合中較常見

　　This unit contains structure errors that are common in general conversation. The errors in this unit were chosen because they contain:

- vocabulary more common in informal conversation
- grammar structures more common in informal conversation
- topics more common in informal situations

CD 2　Track 3

1 問題中的常見錯誤
Question Errors

1

Can you tell me where **can I** find a restroom?

Can you tell me where **I can** find a restroom?

你可以告訴我在哪可以找到廁所嗎？

解析　Where can I find a restroom? 為一**直接問句**，故本句中之 where 子句為 tell 的受詞，故主詞與動詞的位置要還原，即，改成一**間接問句**（名詞子句）以作為動詞 tell 之受詞。

2

Are you **marriage**?

Are you **married**?

你結婚了嗎？

解析　「已婚」的英文要用過去分詞轉變而來的形容詞 married 來表達。 Marriage 是名詞，意思是「婚姻」。

3 ?😞 **Are you study** Chinese (now)?

😊 **1 Do you study** Chinese?

2 Are you studying Chinese now?

1 你學中文嗎？

2 你現在在學中文嗎？

解析 Study 為普通動詞，使用在疑問句時，須加助動詞 do ，或加 be 動詞，再使用現在分詞，構成進行式。

4 🖐 **How to** pronounce this word?

😊 **How do you** pronounce this word?

這個字怎麼唸？

解析 很顯然，錯誤的句子是由中文直接翻譯過去的。英文文法較中文嚴謹，一個句子一定要有主詞和動詞，本句子為疑問句，因此還得加助動詞 do 。

5

😆 Did you get **marry**?

😊 Did you get **married**?

你（們）有沒有結婚？

解析 Get 後面接過去分詞是另一種形式的被動。另，注意 get married 與 be married 意思不完全相同；前者強調「動作」，後者則指「狀態」。

6

😖 **Do** you still thirsty?

😊 **Are** you still thirsty?

你□還渴嗎？

解析 Thirsty 是一個形容詞，不是動詞，因此句中需要動詞（而非助動詞）。本句中的動詞 are 是 be 動詞，主詞是 you，而 thirsty 則是主詞補語。

7

😖 They have plain cheesecake and blueberry cheesecake. Which **will** you prefer?

😊 Which **would** you prefer?

他們有普通的起司蛋糕和藍莓起司蛋糕。你比較喜歡哪一種？

解析 助動詞 will 用來幫助動詞表達「未來」會發生的動作，而 would 則用來表示「客氣」。

8

😐 **How to** say that in Chinese?

😊 **How do you** say that in Chinese?

那個中文怎麼說？

解析 受中文直譯的影響，錯誤的句子在英文中並不是完整的句子。英文句子一定要有主詞和動詞。另，由於本句為疑問句，故須加助動詞 do。

9

?☹ Do you prefer tea **than** coffee?

☺
1 Do you prefer tea **to** coffee?
2 Do you prefer tea **or** coffee?

1 你比較喜歡茶更甚於咖啡嗎?
2 你比較喜歡茶還是咖啡?

解析 Prefer 的中譯雖為「比較喜歡」,但並非比較級,而是表示選擇,故其後不可接 than ,而應接介系詞 to 或連接詞 or 。

10

☝ Would you like **watching** a movie tonight?

☺ Would you like **to watch** a movie tonight?

你今天晚上想看電影嗎?

解析 在 Would you like 之後一定要用不定詞 (to V),不可用動名詞 (Ving)。注意,勿將 Would you like 和 Would you mind 搞混;後者應接動名詞,如: Would you mind opening the window?「你介意打開窗戶嗎?」。

11

How to spell it?

How do you spell it?

這個怎麼拼寫？

解析 不論何種句型，英文的句子一定要有主詞和動詞。本句為疑問句，因此還得加助動詞 do ，句子才算完整。

12

You used to live in Japan, **isn't it**?

You used to live in Japan, **didn't you**?

你以前住日本，不是嗎？

解析 Used to 表「目前已不存在的習慣或狀態」，其否定式為 did not (didn't) use to ，其疑問式為 Did... use to...?，故本句之附加問句應為 didn't you?，而非 isn't it?。

CD 2　Track 4

2 詞類的常見錯誤
Part-of-Speech Errors

13

😐 Your new clothes are very **fashion**.

😊 Your new clothes are very **fashionable**.

你的新衣服很時髦。

解析 Fashion 為名詞，其形容詞為 fashionable ，不應混淆。

14

😐 Chinese tea is good for your **healthy**.

😊 Chinese tea is good for your **health**.

中國茶有益健康。

解析 Healthy 是形容詞，本句需要的是名詞 health 。

15

A: Wow, the streets are so crowded.
B: Of course, **here** is Taiwan.

B: Of course, **this** is Taiwan.

A: 哇，街上都是人。
B: 當然，這裡是台灣。

解析 Here 是副詞，不可做主詞，應改為代名詞 this ，表示「此處」、「本地」。

16

A: This is my first time to eat at a real Chinese restaurant.
B: Oh. Do you like **here**?

B: Oh. Do you like **this place**?

A: 這是我第一次在道地的中國餐廳吃飯。
B: 噢，你喜歡這個地方嗎？

解析 Here 雖是「這裡」的意思，但是它是副詞，不可當受詞，應改為 this place 。

17

😐 Do you ever **image** what it would be like to be rich?

😊 Do you ever **imagine** what it would be like to be rich?

你曾經想像過有錢會是什麼樣的情形嗎？

解析 Image 為名詞，意思是「形象」、「影像」，本句需要的是動詞 imagine「想像」，不應將此二字混淆。

18

😐 A: Can you toll mo tho name of their company again?
B: Yeah, but I don't know **how spelling**.

😊 B: Yeah, but I don't know **how to spell it**.

A: 你可不可以再跟我說一次他們公司的名字？
B: 好，但是我不知道怎麼拼。

解析 Spelling 是（動）名詞，在疑問詞 how 之後應使用不定詞，即，to V。

19

😖 The lawyer **adviced** against signing the contract.

😊 The lawyer **advised** against signing the contract.

律師勸我不要簽合約。

解析 Advice 是名詞（無過去式）， advise 為動詞；本句需要的是過去式動詞，故改爲 advised 。

20

😖 A: How are things?
B: Things are **well**.

😊 B: Things are **good**.

A: 事情進行的如何？
B: 還不錯。

解析 Well 一般做副詞用，只有在表「身體健康」時才作形容詞用，故本句應改用形容詞 good 。

21

🙂 By the time the ambulance arrived at the hospital, he was **died**.

😊 By the time the ambulance arrived at the hospital, he was **dead**.

當救護車到達醫院時,他已過世了。

解析 Died 為動詞 die 的過去式,不可與形容詞 dead 混淆。

22

🙂 Chinese people believe that wearing red clothes during the New Year brings **lucky**.

😊 Chinese people believe that wearing red clothes during the New Year brings **good luck**.

中國人相信在新年穿紅衣服會帶來好運。

解析 Lucky 為形容詞,本句需要名詞 luck 作動詞 bring 的受詞, 而 luck 的意思是「運氣」,因要表「好」運,故加形容詞 good 修飾 luck 。

23

Some people say I am beautiful. But I focus on improving my mind, because **pretty** cannot last forever.

But I focus on improving my mind, because **prettiness** cannot last forever.

有些人說我很俊美。但我著重提昇我的心智，因為美麗不能一直持續到永遠。

解析 Pretty 為形容詞，不可當主詞，應改為名詞 prettiness。

筆記

CD 2　Track 5

3　名詞的常見錯誤
Noun Errors

3.1 單數與複數的常見錯誤 Singular/Plural

24

A: Do you like stinky tofu?
B: Of course! I am **Chinese people**.

B: Of course! I am **a Chinese (person)**.

A: 你喜歡臭豆腐嗎？
B: 當然！我是中國人。

解析　People 指的是「人們」，一定是兩個人以上，句中只指一個人，若一定要說「人」，則必須使用 person。

25

I have three **childs**.

I have three **children**.

我有三個小孩。

解析　Child 為一不規則名詞，其複數形為 children，並非直接加 s。

26

😫 I know **someones** who can help you.

😊 I know **someone/some people** who can help you.

我認識一個人／一些人可以幫你。

解析 Someone 為一複合代名詞，即由 some 加 one 所組成，沒有複數形；若要指複數，應改成 some people。

27

😫 **Every customers like** to watch the chef cook.

😊 **1** **Every customer likes** to watch the chef cook.

2 **All the customers like** to watch the chef cook.

1 每個顧客都喜歡看主廚作菜。

2 所有的顧客都喜歡看主廚作菜。

解析 Every 是「每一個」的意思，其後只能用單數名詞；若要表「所有的」則應選用 all。

3.2 可數與不可數的常見錯誤 Countable/Uncountable

28

😖 You have **a** beautiful **hair**.

😊 You have beautiful **hair**.

你有美麗的頭髮。

解析 Hair 原則上是不可數名詞，其前不用不定冠詞 a，亦不可加 s，但有時 hair 卻可數，如：two white hairs「兩根白髮」。

29

😬 The earthquake caused a lot of **damages**.

😊 The earthquake caused a lot of **damage**.

地震造成多處損害。

解析 Damage 指「損害」時不可數，但注意作「損害賠償金」解時，則一定要用複數形 damages 。

30

� I like your **characters**.

😊 I like your **character**.

我喜歡你的個性。

解析 Character 指一個人的「性格」時不可數，但若指「角色」時則是可數名詞，如： the characters in the novel「小說中的人物」。

31

� I hope you have **a good health** this year.

😊 I hope you have **good health** this year.

我希望你今年身體健康。

解析 Health 為不可數名詞，其前不可用不定冠詞 a ，其後不能加 s 。

32

🤚 It's too noisy outside. Would you close **door**?

😊 Would you close **the door**?

外面好吵。你可以關上門嗎?

解 析 Door 為普通名詞,可數,故若非複數(在其後加 s),則其前必須有限定詞(determiner),如: a 、 the 、 this 、 that 等。

33

🤚 You have given me a lot of good **advices** recently. Thanks.

😊 You have given me a lot of good **advice** recently. Thanks.

你最近給了我很多好意見。謝謝。

解 析 Advice 為不可數名詞,無複數,若要表「幾個」意見或忠告,可使用量詞 piece ,如: two pieces of advice 。

34

😐 I heard **a** good news yesterday.

😊 I heard **some** good news yesterday.

我昨天聽到一些好消息。

解析 News 為不可數名詞，若要指「一則消息」或「一條新聞」，
則可用 a piece of news 來表達。

筆記

CD 2 　Track 6

4 動詞的常見錯誤
Verb Errors

4.1 簡單式的常見錯誤 Simple Tense

35

?😞 Did you know he **was died** last year?

😊 Did you know he **died** last year?

你知道他去年過世了嗎？

解 析 Die 為動詞，並無被動式；本句既指明死於去年，應用過去式。

36

😐 It **sounds not** good.

😊 It **doesn't sound** good.

聽起來不是很好。

解 析 Sound 為一普通動詞，表否定須藉助於**助動詞**。

37

☺ When I was young, I **ever learned** piano.

☻ When I was young, I **learned** piano.

我年輕時學過鋼琴。

解 析 Ever 雖有「曾經」的意思，不過通常只用於疑問句、否定句或條件句（if 子句），如： Have you ever been to Japan? 「你去過日本嗎？」、 I don't remember ever seeing him before. 「我不記得以前看過他。」、 If you are ever in Taipei, do come and see me. 「你要是來台北，一定要來找我。」。

38

☺ I **had decided** to quit smoking last week.

☻ I **decided** to quit smoking last week.

我上禮拜決定戒菸。

解 析 Last week 是一過去時間，動詞用過去簡單式即可，無須用過去完成式。

39

A: I am so angry.
B: **What's happen**?

B: **What happened**?

A: 我很生氣。
B: 發生了什麼事？

解 析 問人「發生了什麼事？」，動詞 happen 用過去簡單式。

40

Do you have lunch yet?

Did you have lunch yet?

你吃過午餐了嗎？

解 析 如「吃過午餐」，應該是「過去」的事，因此助動詞用過去式。

41

☹ **Are** you agree with me?

☺ **Do** you agree with me?

你贊同我嗎？

解析 Agree 為一普通動詞，要構成疑問句須用助動詞 do ，而非 be 動詞。

42

☹ A: I feel so happy today.
B: So **am** I.

☺ B: So **do** I.

A: 我今天覺得好開心。
B: 我也是。

解析 上列對話中， A 說她 feel「覺得」很開心，因此 B 說的 「我也是」應指他也「覺得」開心，故應用助動詞 do 來代替 feel 。

43

🖐️ **Do** you drunk?

😊 **Are** you drunk?

你喝醉了嗎？

解 析 Drunk 為一由過去分詞轉用的**形容詞**，構成問句時，需用 be 動詞。

4.2 完成式的常見錯誤 Perfect Tense

44

🖐️ I **am studying** English since high school.

😊 I **have been studying** English since high school.

我從高中就一直在學英文了。

解 析 句中有 since high school ，指「從過去到現在」，因此用**現在完成進行式**。

45

🖐️ I **have ever** been to Canada.

😊 I **have** been to Canada.

我去過加拿大。

解析 Ever 只能用在疑問句、否定句和條件句中。

4.3 動名詞的常見錯誤 Gerunds

46

❓ I am used to **eat** alone now.

😊 I am used to **eating** alone now.

我現在習慣一個人吃。

解析 Be used to 後接動名詞（或名詞）表「習慣於……」，注意此處的 to 為介系詞。

47 I enjoy **to walk** in the park.

I enjoy **walking** in the park.

我喜歡在公園裡散步。

解 析 Enjoy 為一及物動詞，其受詞必須是名詞或動名詞。

48 Please stop **to say** that.

Please stop **saying** that.

請不要那樣說。

解 析 Stop 後用不定詞表「停下來去做……」，用動名詞表「停止做……」。

49

🙁 The art museum is fantastic. It is worth to **see**.

😊 It is worth **seeing**.

美術館很棒，值得一看。

解析 Worth 用於 be 動詞之後時，可視為一介系詞，其後必須跟名詞或動名詞。

4.4 現在分詞的常見錯誤 Present Participle

50

🙁 Do you want to **go to bowling** with me?

😊 Do you want to **go bowling** with me?

你想和我去打保齡球嗎？

解析 Go 後用現在分詞表「去從事某項活動」，如： go shopping 、 go swimming 、 go hunting 等。

51

🙁 Do you hear the train **to come**?

😊 Do you hear the train **coming**?

你聽到火車來了嗎?

解析 Hear 為一**感官動詞**,其後之受詞補語可為原形動詞或現在分詞;因本句指火車「正要」來,故選用 coming 。

52

🙁 The little boy came **to run** to his mother.

😊 The little boy came **running** to his mother.

那個小男孩跑到他母親的身邊。

解析 Come 為不及物動詞,其後接**不定詞**表「目的」,若接**現在分詞**則作為主詞補語;此處應接 running 作為主詞補語,強調主詞動作的行進狀態。

4.5 不定詞的常見錯誤 Infinitives

53

🙂 I would rather **to go** camping than spend all day in the city.

😊 I would rather **go** camping than spend all day in the city.

我寧可去露營也不願整天待在都市裡。

解析 在 would rather than 之後用原形動詞。另,注意 than 之後也用原形動詞。

54

🙂 I've decided **going** alone.

😊 I've decided **to go** alone.

我已決定一個人去。

解析 在動詞 decide 之後需用不定詞 (to V),不可用動名詞 (Ving)。

55

 I **used to worrying** a lot when I worked in the finance division.

😊 I **used to worry** a lot when I worked in the finance division.

我以前在財務部門工作時常常很焦慮。

解 析 Used to 後接原形動詞表「過去的習慣或狀態」。

4.6 主動與被動的常見錯誤 Active/Passive

56

My arm **is hurt** when I raise it.

😊 My arm **hurts** when I raise it.

我舉起手臂時會痛。

解 析 Hurt 表「感到疼痛」時，應用主動式，不用被動式。

57

（☹）Were you **borned** in England?

（☺）Were you **born** in England?

你是在英國出生的嗎？

解析　動詞 bear 有兩個過去分詞： born 和 borne；前者用於**被動式**，後者則用於**完成式**。

58

（☹）I **was majored** in engineering in college.

（☺）I **majored** in engineering in college.

我大學主修工程學。

解析　Major 當動詞，應用**主動式**。另， major 亦可當名詞用，如： I am an English major.。

CD 2 Track 7

5 形容詞的常見錯誤
Adjective Errors

59

😐 I a little **afraid** to swim in the ocean.

😊 I **am** a little **afraid** to swim in the ocean.

我有點害怕在海邊游泳。

解析 Afraid 是形容詞，在句中須跟動詞一起用，如：be afraid 、look afraid 等。

60

😐 I **don't** busy tomorrow.

😊 I **am not** busy tomorrow.

我明天不忙。

解析 Busy 為形容詞，不是動詞，故不可說 don't busy ，其前應接動詞（如 be 動詞），再接否定動詞。

61

🙁 If you don't like the food here, I can take you to **the another restaurant**.

🙂 If you don't like the food here, I can take you to **another restaurant**.

如果你不喜歡這裡的食物,我可以帶你去另一家餐廳。

解 析 Another 為不定冠詞 an 和 other 的組合,表「不特定」的另一家,其前不可再加定冠詞 the。

62

🙁 I had a **childhood of carefree**.

🙂 I had a **carefree childhood**.

我的童年無憂無慮。

解 析 Carefree 為形容詞,應用來修飾名詞 childhood。

63

You should feel **ashame** of yourself.

You should feel **ashamed** of yourself.

你應該為自己感到羞恥。

解 析 英文中並無 ashame 這個字，只有 ashamed ，為一形容詞。

64

A: Why do you come here?
B: There is **no any** reason.

1 B: There is **no** reason
2 B: There is **not any** reason.

A: 你為何來這裡？
1 B: 沒有原因。
2 B: 沒有任何原因。

解 析 No 和 any 不可連用，二者只能取其一，但 any 前可以用 not 。

65

😐 **Today** was too **tired**.

😊 **1 Today** was too **tiring**.

2 Today **I** was **too tired**.

1 今天真令人疲憊。

2 我今天很累。

解析 Tired 指「疲倦的」，用來形容「人」；tiring 指「令人疲憊的」，用來形容「事物」。

66

😐 A: Does he know you?
B: Yeah. I am a **friend of him**.

😊 B: Yeah. I am a **friend of his**.

A: 他認識你嗎？
B: 認識，我是他的一個朋友。

解析 A friend of his 為所謂「雙重所有」，在介系詞 of（第一重所有）後應用**所有代名詞**（第二重所有）。如不用「雙重所有」可直接說 I'm his friend.。

67

There are so many **shoes** stores in Taiwan.

There are so many **shoe** stores in Taiwan.

台灣有很多鞋店。

解 析　名詞＋名詞構成**複合名詞**，由於前一名詞具**形容詞**的功能，因此不可用複數形，若整個複合名詞爲複數，只能在後面的名詞用複數。

68

A: I am looking for my friend.
B: What does he look like?
A: Well, he is wearing a **big and black** coat.

A: Well, he is wearing a **big black** coat.

A: 我在找我的朋友。
B: 他什麼樣子？
A: 他穿一件黑色大外套。

解 析　Big 指「大小」，black 指「顏色」，屬不同類之形容詞，不應用對等連接詞 and 連接。（一般而言，屬性相同的形容詞才可用 and 連接，如：I am cold and hungry.「我又冷又餓」。）

CD 2 Track 8

6 介系詞的常見錯誤
Preposition Errors

69

What did you **tell to** her?

What did you **tell** her?

你告訴了她什麼？

解 析 Tell 可用「人」當受詞，不須加介系詞 to 。注意，勿將 tell 的用法與 say 的用法混淆，後者不可直接以「人」作受詞，須先加介系詞 to ，如： What did you say to her? 。

70

What time should we arrive **to** the airport?

What time should we arrive **at** the airport?

我們幾點會到達機場？

解 析 「抵達」要用 arrive at 而不是 arrive to 。若為較大的地方，則可使用 arrive in ，如： arrive in New York 。

71

☹ I didn't feel well yesterday, so I stayed **in** home.

☺ I didn't feel well yesterday, so I stayed **at** home.

我昨天覺得不舒服，所以待在家裡。

解析 「待在家裡」要說 stay at home，而非 stay in home。但可以說 stay in the house。

72

☹ A: I just came back from a vacation in Australia.
B: Did you have a nice time **at there**?

☺ B: Did you have a nice time **there**?

A: 我剛從澳洲渡假回來。
B: 你在那邊玩得愉快嗎？

解析 There 為副詞，非名詞，其前不可用介系詞。

73

☹ I want to go to a hot spring **during** two days.

😊 I want to go to a hot spring **for** two days.

我想去泡兩天溫泉。

解析「For ＋一段時間」表「為期或持續多久」；在說「某事在某一段時間之內發生」時，才用 during，如：I went swimming everyday during the summer.「夏天那段期間我每天都去游泳。」。

74

☹ Cars drive **in** the right side of the road in Taiwan.

😊 Cars drive **on** the right side of the road in Taiwan.

在台灣汽車靠道路的右側行駛。

解析「在哪一邊」的介系詞用 on，不是 in。但如果講方向，則用 in，不用 on，如：in the east。

75

:(I didn't feel well yesterday, so I stayed **on** bed.

:) I didn't feel well yesterday, so I stayed **in** bed.

我昨天覺得不舒服，所以待在床上。

解析 In bed 是「睡覺、休息」的意思，不須用冠詞，為固定語法。

76

:(What are you studying **in** the university?

:) What are you studying **at** the university?

你在大學唸什麼？

解析 In the university 較強調「地方」，而 at the university 則著重「活動」；換言之，前者指「在學校（的範圍）裡面」，後者則指「在學校求學」。

77

🤨 He will work **at** the evening.

😊 He will work **in** the evening.

他將在晚上工作。

解析 In the evening、in the morning 和 in the afternoon 爲固定用法。另，at night、at dawn、at noon 和 at midnight 亦不可任意更改介系詞。

筆記

7

其他類的常見錯誤
Other Kinds of Errors

78

☹ **There have** a lot of people on this street.

☺ **There are** a lot of people on this street.

這條街上有很多人。

解析　There ＋ be 是「有」的意思，表示在某處有某人、事、物的存在；there 為一虛主詞，真正主詞為 be 動詞後的名詞。

79

☹ I drink neither coffee **or** tea.

☺ I drink neither coffee **nor** tea.

我不喝咖啡也不喝茶。

解析　Neither 之後一定跟 nor，而 either 之後一定跟 or，不可任意變更。

80

😕 His rude remark was too **disgusted** for me to do anything about it.

😊 His rude remark was too **disgusting** for me to do anything about it.

他粗野的評論另我厭惡以致於我無法做出任何回應。

解 析 Disgusted 是由過去分詞（表被動）轉用的形容詞，是「感到厭惡」的意思，主詞一定是人。 disgusting 則為由現在分詞（表主動）而來的形容詞，指「令人厭惡的」，主詞可為人或事物。

81

😕 You are **older than me five years**.

😊 You are **five years older than me**.

你比我大五歲。

解 析 在英文比較的結構中，若要表示「數目」的差異，數字必須置於比較級之前。

82

😐 I **very like** your thinking.

😊 I **like** your thinking **very much**.

我非常喜歡你的想法。

解析 Very 不可直接修飾動詞（注意，這與中文的「非常」用法不同），而必須用 very much，且必須置於句尾。

83

😐 Here **Joe comes**!

😊 Here **comes Joe**!

喬來了！

解析 以 here 或 there 起頭的句子，目的是用來引起對某人或某物的注意，須採「倒裝」形式，即，將主詞與動詞對調位置（如本句，或 There goes Joe!）。但若主詞為人稱代名詞時，則不須倒裝，如 Here he comes! 或 There he goes!。

84

A: You can come to my house for dinner.
B: Are you a good **cooker**?

B: Are you a good **cook**?

A: 你可以來我家吃晚餐。
B: 你是個好廚師嗎？

解析 Cooker 指「烹飪用具」，如鍋、爐等， cook 才是「廚師」，
不可混淆。

85

The tea is too **thick** for me.

The tea is too **strong** for me.

這茶對我而言太濃了。

解析 飲料（如茶、咖啡）的「濃」，英文用 strong 表達；反之，
表示「淡」則用 weak 。

86

😖 Taipei is **north of Taiwan**.

😊 Taipei is in **northern Taiwan**.

台北位於北台灣。

解析 North 通常指「北方的」，如：the north wind「北風」，而 northern 則指「（一地區之）北部的」。

筆記

Chapter

字義與用法的常見錯誤
Word Meaning & Usage Errors

本單元列舉了一般對話中字義與用法上的常見錯誤。本單元之所以列舉這些錯誤作為教材是因為：
- 使用的詞彙在日常對話中較常見
- 對話的主題在非正式的場合中較常見

This unit contains word meaning and usage errors that are common in general conversation. The errors in this unit were chosen because they contain:
- words common in casual conversation
- topics more common in informal situations

1 添加贅字的常見錯誤
Adding Unnecessary Words

1

☺ Your colleague **accompanied with** me to the movie last night.

☺ Your colleague **accompanied** me to the movie last night.

你同事昨晚陪我去看電影。

解析 Accompany 為一及物動詞，其後直接跟受詞，不須加介系詞。

2

☺ Please sit down and **relax yourself**.

☺ Please sit down and **relax**.

請坐下來輕鬆一下。

解析 Relax 作「放鬆身心」解時為不及物動詞，其後不接受詞，包括反身代名詞。

3

☺ If you don't understand a word, **check with** the dictionary.

☺ If you don't understand a word, **check** the dictionary.

如果你不懂一個字就查字典。

解析 Check 在本句中，作及物動詞用，可作「查詢、翻閱」解，其後應直接跟受詞。 check with 通常作「與……核對、確認」解，如： You can check your answer with his.「你可以把你的答案和他的核對一下。」。

4

☺ Let's have **a lunch** together today.

☺ Let's have **lunch** together today.

我們今天一起吃午餐吧。

解析 Lunch 指一般午餐時為不可數名詞，但在某些「特殊」情況下則可作普通名詞，如： a light lunch 、 a wonderful lunch 、 an early lunch 等。

5 Would you like to **marry with** a Taiwanese woman?

Would you like to **marry** a Taiwanese woman?

你想娶台灣女子嗎?

解 析 Marry 作「嫁」、「娶」時,其後直接跟嫁、娶的對象(受詞),不須用介系詞。

6 A: What will you do this weekend?
B: I will **spend time on** reading my new book.

B: I will **spend time** reading my new book.

A: 你這週末會做什麼?
B: 我會花些時間讀我的新書。

解 析 在 spend time 之後直接用 Ving 即可,不須用介系詞。

7

😵 You are different from **both the other two** Americans I know.

😊 **1** You are different from **the other two** Americans I know.

2 You are different from **both the other** Americans I know.

1 你和我所認識的另外兩個美國人不一樣。

2 你和我所認識的另外兩個美國人都不一樣。

解析 Both 本身就有「二者」的意思,其後不可再出現 two; both 和 two 只能擇一使用。

筆記

CD 2 Track 11

2 遺漏關鍵字的常見錯誤
Omitting Necessary Words

8

Let's **back** to the first paragraph.

Let's **go back** to the first paragraph.

讓我們回到第一段。

解析 以 Let's (Let us) 起頭的句子為**祈使句**,其後應接動詞,而 back 並非動詞,是副詞。

9

How's going?

How's it going?

事情進行的如何?

解析 每個句子都需要主詞,如無明確的主詞,則可用**虛主詞** it。

10

A: I am from the East Coast.
B: Do you like living there?
A: I **love there**!

A: I **love it there**!

A: 我是從東海岸來的。
B: 你喜歡住在那裡嗎？
A: 我非常喜歡！

解 析 There（和 here 同）為副詞，不可以當受詞，故加虛受詞 it。

11

What time will you **sleep** tonight?

What time will you **go to sleep** tonight?

你今晚會幾點睡？

解 析 Sleep 雖然可以譯為「睡覺」，但一定要「睡著」才算，本句
問的應是幾點鐘「去」睡覺，故應加 go to。

12

🙁 I need to buy a new **pants** after work today.

😊 I need to buy a new **pair of pants** after work today.

我今天下班後要去買條新褲子。

解 析 Pants 一定要使用複數形，若要指「一條」則必須加量詞 pair。

13

🙁 Do you like **listening** music?

😊 Do you like **listening to** music?

你喜歡聽音樂嗎？

解 析 Listen「聽」為**不及物動詞**，不可直接加受詞，必須先加介系詞 to。注意，不要將 listen 與 see「聽見、聽到」混淆；後者是及物動詞。

14

That's a beautiful necklace. Is it **of** silver?

Is it **made of** silver?

那條項鍊真漂亮，是銀製的嗎？

解析 Be made of 是「由……製成」的意思，為固定用法。

15

A: What do you want to drink?
B: I think I'll have tea. It tastes **better**.

B: It tastes **better than** coffee.

A: 你想喝什麼？
B: 我想喝茶，茶比咖啡好喝。

解析 Better 為**比較級**，一定要有兩者（或以上）的事物才能作比較。在上面的簡短對話中，若 B 的回答只說 better， A 可能會覺得困惑，因 B 未說明 better than **what**。

16

☹ Please don't **laugh** me.

☺ Please don't **laugh at** me.

請不要嘲笑我。

解 析 Laugh「笑」為不及物動詞，不可直接加受詞； laugh at 有「嘲笑」的意思。（laugh 若要作及物用，其受詞必須為**同源受詞**，如： He laughed a bitter laugh.「他苦笑。」。）

17

☹ She has been **waiting** me for thirty minutes.

☺ She has been **waiting for** me for thirty minutes.

她已經等了我三十分鐘。

解 析 Wait「等待」為不及物動詞，其後常跟介系詞 for 。（若等待的對象為「機會、輪次」時，可作及物用，如： wait one's turn 。）

18

😐 Don't **worry** it.

😊 Don't **worry about** it.

不用擔心。

解析 Worry 作「擔心」解時，為不及物動詞，後接介系詞 about ；作「令人擔心」解時，則為及物，受詞為「人」，如： He often worries his parents.「他常令父母操心。」。

19

😐 Can I get you **coffee**?

😊 ① Can I get you **a cup of coffee**?

② Can I get you **some coffee**?

① 我可以倒一杯咖啡給你嗎？

② 我可以倒些咖啡給你嗎？

解析 Coffee 屬**物質名詞**，不可數，故第一句就文法而言並沒有錯，但就該句之「語境 (context)」而言，若不在其前加**限定詞** (determiner)，則語意不清，令人不知是否只指咖啡這種「物質」。

20

Will you **participate** the Dragon Boat Festival?

Will you **participate in** the Dragon Boat Festival?

你們會參加端午節的活動嗎？

解 析 Participate 為不及物動詞，表示「參加……」須在其後加介系詞 in。

21

Yesterday I went to the store to **try** some new clothes.

Yesterday I went to the store to **try on** some new clothes.

昨天我去店裡試穿一些新衣服。

解 析 「試穿」英文用 try on，為一固定片語用法。

CD 2　Track 12

3 字詞誤用的常見錯誤
Using the Wrong Word

22

😐 I had a good time in Spain. It is a **funny** place.

😊 It is a **fun** place.

我在西班牙玩得很愉快。那是個好玩的地方。

解析 Funny 是「好笑」的意思，表示「好玩」應用 fun 。

23

😐 I am not very good **in** English.

😊 I am not very good **at** English.

我英文很不好。

解析 「擅長……」英文通常用 be good **at** ，而不用 be good in 。

24

A: I still feel sick today.
B: **You are so poor**.

B: **Poor you**.

A: 我今天還是覺得不舒服。
B: 你真可憐。

解析 You are so poor. 是「你很窮。」的意思;「你真可憐。」要說 Poor you.。

25

A: Where will the party be?
B: We will **make** the party at my place.

B: We will **have** the party at my place.

A: 派對會在哪裡舉行呢?
B: 我們會在我家開派對。

解析 「開派對」英文叫 **have** a party,不是 make a party。

26

😖 I want to have a drink after work. It will **let** me feel relaxed.

😊 It will **make** me feel relaxed.

我下班後想去喝一杯，這樣可以使我放輕鬆。

解析 Let 和 make 都可作**使役動詞**；但前者是「讓」的意思，其義接近非使役動詞的 allow ，而後者則為「使」的意思，其義接近非使役動詞的 cause 。

27

😟 Sometimes I get up **at midnight** to have a glass of milk.

😊 Sometimes I get up **in the middle of the night** to have a glass of milk.

我有時候會半夜起來喝一杯牛奶。

解析 At midnight 指「午夜十二點整」； in the middle of the night 才是中文說的「半夜」。

28

😐 I live near a church, so sometimes I see a **father** walking by.

😊 I live near a church, so sometimes I see a **priest** walking by.

我住教堂附近,所以有時會看到神父走過。

解析 Father 作「神父」解時,一般都是直接稱呼,且 f 須用大寫,如:Father (Smith);priest 則指一般的神父(天主教)或牧師(基督教)。

29

😐 I was a good student **at** college.

😊 I was a good student **in** college.

我大學時是個好學生。

解析 At college 一般指「在大學唸書」,強調求學(動作),而 in college 則指「在大學時代」,強調時間。

30

😐 I will arrive ten minutes **later**.

😊 I will arrive **in** ten minutes.

我會在十分鐘後到達。

解析 Later 前若加「一段時間」通常指「過去某一段時間之後」，因此通常用在講過去的事，如： She didn't show up at the appointed time, but she did join the meeting two hours later.；以「現在」為基準時之「之後」則應用 in 再加「一段時間」。

31

😐 Please come to my house **for having** dinner sometime.

😊 🔢 Please come to my house **to have** dinner sometime.

🔢 Please come to my house **for** dinner sometime.

🔢 請找個時間到我家吃晚餐。

🔢 請找個時間到我家用晚餐。

解析 在 come 之後，可用「to + V」或「for +名詞」表目的。

32

😣 Are you **seeing** an interesting program on TV?

😊 Are you **watching** an interesting program on TV?

你在看有趣的電視節目嗎？

解析 See 為「看見、看到」之意，一般不用進行式；「觀看」應用 watch 表達，可用進行式。

33

😣 It will **cost** you about two hours to drive to the mountains.

😊 It will **take** you about two hours to drive to the mountains.

你大概要花兩個小時開車到山裡。

解析 Cost 指「花錢」，如：It cost me $10.；「花時間」應該用 take。注意，若主詞為「人」，則動詞都用 spend。

34

(☹) I **spent** a good time with you last night.

(☺) I **had** a good time with you last night.

我昨晚和你玩得很愉快。

解析 Spend 指「用」或「花」時間，其後跟「一般時間」，如：I spent two hours reading the report.；「玩得愉快」應用 have a good time 表示。

35

(☹) If you are bored, you can watch something **in the** television.

(☺) If you are bored, you can watch something **on** television.

如果你很無聊你可以看看電視。

解析 In the television 指「在電視（機）裡面」；on television 是「電視上」的意思。

36

🙂 I think he likes me. He always pays a lot of attention **on** me.

😊 He always pays a lot of attention **to** me.

我認為他喜歡我。他總是很注意我。

解析 Pay attention 之後應跟介系詞 to 表對象，爲固定用法，不可任意更改。

37

😸 Do you want to go **play** after work?

😊 Do you want to go **have some fun** after work?

你下班後要娛樂一下嗎？

解析 Play 指「玩耍」或「玩遊戲」，不適用本句；本句應採 have some fun「找點樂子、輕鬆一下」。

38

🙂 I will **join** the entrance exam next weekend.

😊 I will **take** the entrance exam next weekend.

我下週末要考入學考試。

解析 Join 通常指「參加機構、組織或團體」；參加考試的「參加」應用 take。

39

😆 If you have a cold, try **eating** some Chinese medicine.

😊 If you have a cold, try **taking** some Chinese medicine.

如果你感冒了，試試吃些中藥。

解析 「吃藥」英文用 **take** medicine，而不用 eat medicine；eat 的受詞通常為「食物」，如：eat a hamburger，而 take 則用在「藥品」之前，如：take vitamins。

40

😐 Can you **borrow** me a pencil?

😊 **1** Can you **loan** me a pencil?

2 Can you **lend** me a pencil?

1 **2** 你可以借我一支筆嗎?

解析 Borrow 指「借入」,如: Can I borrow your pen?「我可以借你的筆嗎?」,而 loan 或 lend 則指「借出」。

41

😐 If you want to listen to some music, I can **open** the stereo.

😊 If you want to listen to some music, I can **turn on** the stereo.

如果你想聽音樂,我可以把音響打開。

解析 「打開」有開關的東西(尤其是電器類)英文要用 turn on,「關掉」則用 turn off,不可用 open 和 close。

42

🙁 I heard the news **through** the radio.

😊 I heard the news **on** the radio.

我在收音機上聽到了那個消息。

解析 與「在電視上」相同,「在收音機上」用介系詞 on,但注意 on the radio(與 listen to the radio 同)需要定冠詞 the。

43

🙁 A: Do you like flying?
B: Not really. The **chairs** are too small for me.

😊 B: The **seats** are too small for me.

A: 你喜歡搭飛機嗎?
B: 不太喜歡。座位對我來說太小了。

解析 「固定的座位」是 seat;chair 是「(可移動的)椅子」。

44

😐 Do you want to **do a** sightseeing with us?

😊 Do you want to **go** sightseeing with us?

你想和我們去觀光嗎？

解析 「觀光」英文要說 go sightseeing，沒有 do a sightseeing 的用法。

45

😐 The last time I saw her was ten years **before**.

😊 The last time I saw her was ten years **ago**.

我上次看到她是十年前的事。

解析 以「現在時間」為基點的「以前」要用 ago；before 則用在以「過去時間」為基點的「以前」，如：five days before he was killed「他遇害五天前」。

46

🙁 The restaurant is too crowded today. There are too many **clients**.

😊 There are too many **customers**.

今天餐廳太擠了。有好多客人。

解析 Client 指「委託人」、「客戶」；一般商店的客人應用 customer。

47

🙁 How much is the bus **fee**?

😊 How much is the bus **fare**?

搭公車的費用是多少錢？

解析 Fee 指「服務費」、「手續費」、「學費」、「入會費」等；「車費」、「船費」、「飛機票價」等則用 fare。

48

😆 I was so **suprising** at his kindness.

😊 I was so **surprised** at his kindness.

他的善意令我感到驚訝。

解析 Surprising 是由現在分詞轉用之形容詞，表「令人驚訝的」意思； surprised 則是由過去分詞轉用之形容詞，指「感到驚訝」。

49

😓 Did **you spend** a long time to come here?

😊 Did **it take (you)** a long time to come here?

你花了很久的時間來這裡嗎？

解析 Spend time Ving 指「（人）花時間**做**某事」，如： I spent two hours cooking. ，但須注意， come 和 go 這兩個動詞如指「抵達」和「出發」之意時，不適合用此句型； sth. take (sb.) time to V 則指「某事花（人）時間去做」。

50

😆 I feel so **boring** today.

😊 I feel so **bored** today.

我今天覺得很無聊。

解析 Boring 指「令人覺得無聊的」，如：The book was very boring.；bored 則為「覺得無聊」。

51

😖 It is so hot. I am sorry that my apartment has no **air condition**.

😊 **1** I am sorry that my apartment has no **air-conditioning**.

2 I am sorry that my apartment has no **air-conditioner**.

1 2 很抱歉我的公寓沒有冷氣。

解析 Air-conditioning 指「空調（系統）」；冷氣機則叫做 air-conditioner。

52

😆 Have you ever **met** a typhoon in Taiwan?

😊 Have you ever **experienced** a typhoon in Taiwan?

你在台灣遇過颱風嗎？

解析 Meet 一般指「與人相遇或認識」；「碰到或遇到某種狀況（如天氣）」則應用 experience「經歷」。

53

😆 The waitress isn't paying any attention. She needs to **service** us better.

😊 She needs to **serve** us better.

這個女服務生一點也不專心。她對我們的服務必須要更周到。

解析 Service 為名詞，serve 才是動詞，不可混淆。

54

🙁 Ellen: Hi, Bill!
Bill: Oh, hi, Ellen. **How about** your weekend?

😊 Bill: **How was** your weekend?

艾倫：嗨！比爾！
比爾：噢，嗨，艾倫。你週末過得如何？

解析 How about... 用來問人對某事的「意見」，如： How about some beer?。

55

😆 She died **with** cancer.

😊 She died **of** cancer.

她死於癌症。

解析 「死於……」英文用 die **of** ，表死因不可用 die with ， with 有「伴隨」的意思。

56

:(I **joined** college when I was just seventeen.

:) I **entered** college when I was just seventeen.

我進大學時才十七歲。

解析 「進大學」用 **enter** college 即可,不可說成 join college 。 (但注意,「入伍、從軍」是 join the army ,不可說成 enter the army 。)

57

>:((Two friends see each other at a restaurant.)
A: Henry, nice to **meet** you!

:) A: Henry, nice to **see** you!

(兩個朋友在餐廳遇見。)
A: 亨利,真高興見到你!

解析 Nice to meet you. 用於「(經介紹)初認識人時」;「已經認識,再次見面時」應說 Nice to see you. ,不然對方會以為你忘記他了!

58

😐 I couldn't sleep last night, so I have no **power** this morning.

😊 I couldn't sleep last night, so I have no **energy** this morning.

我昨晚睡不著，所以今天早上沒氣力。

解析 Power 指事物的「力量」或人的「權力」；講人的「氣力、精力」應該用 energy。

59

😐 I speak Chinese in my daily **time**.

😊 I speak Chinese in my daily **life**.

我平日講中文。

解析 英文並無 daily time 的說法；「平時、平日」應該說 daily life。

60

🙁 We have to pay a **fee** to use this highway.

😊 We have to pay a **toll** to use this highway.

我們使用這條高速公路必須付費。

解析 使用道路、港口等必須支付的「通行費」叫 toll，不是 fee。

61

🙁 A: I didn't see you yesterday.
B: I stayed home because I **was having** a headache.

😊 B: I stayed home because I **had** a headache.

A: 我昨天沒看到你。
B: 我因為頭痛待在家裡。

解析 身體的疼痛不屬於動作，一般不用進行式，而用**簡單式**表達。

62

🙁 I went back to college to **learn** more knowledge.

😊 I went back to college to **gain** more knowledge.

我回大學獲取更多知識。

解析 「學習更多知識」是中文的說法，英文應說 gain more knowledge「獲取更多知識」。

筆記

4 選字正確但用法錯誤
Using the Correct Word in an Incorrect Way

63

🖐 Can you wait for me a moment? I am **finding** my wallet.

😊 I am **trying to find** my wallet.

你可以等我一下嗎?我在試著找我的皮夾。

解析 Find 的意思是「找到」,就其語意而言不應使用**進行式**。 (如果指「正在找」,可以說 I'm looking for...。)

64

🖐 You **lack of** patience.

😊 You **lack** patience.

你缺乏耐心。

解析 Lack「缺乏」為一**及物動詞**,在其後直接接受詞。 (Lack 亦可作名詞用,如: The plant died for lack of water.「那盆植物因缺水枯死了。」)

65

😆 **I am very difficult** to concentrate when it is so hot.

😊 **It is very difficult for me** to concentrate when it is so hot.

天氣太熱時我很難專心。

解析 I am very difficult/easy to... 是 Chinese English，必須使用假主詞 it 來代替真主詞 to concentrate 這件事。因為 difficult 用來形容人時，指的是某人不容易相處、不友善或不容易搞定。反之，easy 則指一個人平易近人。

66

😐 John **suicide**.

😊 John **committed suicide**.

約翰自殺了。

解析 Suicide 一般作名詞用，其動詞則用 commit。另，「自殺」也可說 kill oneself。

67

🖐 I **suggest you to** try green tea instead of black tea.

😊 I **suggest that you** try green tea instead of black tea.

我建議你不要喝紅茶，改喝綠茶。

解析 動詞 suggest 不直接以「人」當受詞，其後可接名詞、動名詞或 that 子句。（注意，若 suggest 之後爲 that 子句，此子句的動詞要用**原形動詞**。）

筆記

搞定口說錯誤
Oral Correction

國家圖書館出版品預行編目資料

搞定口說錯誤 = Oral correction / Dana
Forsythe 作. －－初版. －－臺北市；貝塔,
2003〔民 92〕
面；　　公分

ISBN 957-729-326-3（平裝附光碟片）
1. 英國語言－句法
805.169　　　　　　　　　　92007659

作　　者 / Dana Forsythe
總 編 審 / 王復國
執行編輯 / 官芝羽
出　　版 / 貝塔語言出版有限公司
地　　址 / 台北市 100 館前路 12 號 11 樓
電　　話 / (02)2314-2525
傳　　眞 / (02)2312-3535
郵　　撥 / 19493777 貝塔出版有限公司
客服專線 / (02)2314-3535
客服信箱 / btservice@betamedia.com.tw
出版日期 / 2006 年 5 月初版二刷
定　　價 / 320 元
ISBN ： 957-729-326-3

喚醒你的英文語感！

Get a Feel for English !

喚醒你的英文語感！

Get a Feel for English !